# はぐれ牡丹

山本一力

時代小説文庫



角川春樹事務所

# はぐれ牡丹

**文政一分金**（縮小）

（原寸　縦17mm、横10mm）

**享保大判**（縮小）

（原寸　縦153mm、横94mm）

（日本銀行金融研究所　貨幣博物館提供）

# 一

散り遅れの桜が富岡八幡宮《とみおかはちまんぐう》から風に運ばれて、五町（約五百メートル）離れた冬木町の八《はち》兵衛店《べえだな》に舞い落ちている。

文政《ぶんせい》四（一八二一）年四月三日の朝。

腰高障子《こしだかしょうじ》の戸を閉じて顔を出した一乃《いちの》の髪に、花びらがふわりと乗った。

「早くしないと置いていくから」

浅葱《あさぎ》色の十字絣《じゅうじがすり》を作務衣《さむえ》のように仕立てた上着に、濃紺の股引《ももひき》、素足に食い込みそうなわらじが一乃のお定《き》まりである。髷《まげ》を結わずに、両肩でおかっぱに切りそろえている。黒い眉《まゆ》と桃色の唇が、日焼けした小さな顔とうまく溶け合っていた。

「ほんとうに行くわよ」

「待ってよう、もうすぐだから」

担《かつ》ぎ売りする野菜の仕入れに出る母子《おやこ》が、毎朝交わすやり取りだ。よく通る声で一乃がこどもを急《せ》かせているときに、八卦見《はっけみ》師白龍《はくりゅう》が顔を出すのも毎朝のことである。

白髪《しらが》と黒髪とがまだらになった総髪を後ろで束ねており、あご下四寸（約十二センチ）に揃《そろ》えた髭《ひげ》は真っ白だ。白龍は他の占師のように辻《つじ》には立たない。大川を渡ったさきの、日本橋呉服《ごふく》町や青物町の大店《おおだな》が得意先である。

一乃の実家、日本橋平松町の両替商本多屋《ほんだや》も、白龍の古くからの得意先だった。

客の前では厳《おごそ》かな顔を拵《こしら》えるが、いまは裏店《うらだな》の好々爺《こうこうや》そのものの顔である。

「桜とは、今朝《けさ》はことのほか気持ちがいい。いかがかのう、一乃どの」

鉄幹《てっかん》と所帯を構えてから、足掛け五年が過ぎていた。裏店にしっかり根を張った一乃を「どの」と呼ぶのは、いまでも本多屋が出入り先であるからだ。

「おはよう、白龍さん」

朝のあいさつを返しながらも、一乃の目は土間を見ていた。

「いい加減にしないと知らないわよ」

母親のきつい声に重なるようにして、こどもが飛び出してきた。一乃と同じ作務衣と股引姿で、髪を浅葱の紐《ひも》で結わえている。

「かあちゃんは気が短いんだから。おいらが、自分でわらじを結ぶのは大変だぞ」

「いっぱしの口をきくんじゃないの」

こぶしであたまを叩《たた》こうとしたが、四歳の幹太郎《かんたろう》は白龍のわきに逃げた。

「毎朝元気だの。今朝も仕入れについていくのか」

幹太郎の髪を指で摘《つま》みながら話していた白龍が、一乃に目をやって息を呑《の》んだ。

「一乃どの……凄《すご》いことだ」

白龍の口調に尋常でないものを感じた一乃が、急ぎ足で寄ってきた。

「なにかあったの、白龍さん」

問いながら、幹太郎のあたまをゴツンとやった。

「いてっ……」

こどもが小声を漏《も》らしても、おとなふたりは気にもとめていない。

「そなたから強い気が迫ってくる」

言うなり目を閉じた白龍は、垂らした両手をこぶしにした。幹太郎が白龍のこぶしをくすぐると、裂帛《れっぱく》の気合声が吐《は》かれた。こどもがその場で飛び上がった。

「そなたは今日、どこかで縞柄《しまがら》を着た男と出会うはずじゃ。それを大事にした方がよろしいぞ。よき運をもたらすであろうことが感ぜられる」

目を見開いた白龍が、声を拵えて見立てを口にした。

「ほんとうなの、白龍さん……当たるのかなあ……」

「無礼な。当たるに決まっておる」

白龍が気色《けしき》ばんだ。

「ごめんなさい、口のきき方を知らなくて」

一乃があわてて詫《わ》びを口にした。

「縞柄のひとを楽しみにしてます」

不興顔《ふきょうがお》の白龍から離れたいのか、一乃は天秤《てんびん》に吊《つ》るす笊《ざる》を幹太郎に持たせようとした。

「いつもかあちゃんが持つじゃないか」

こどもが一乃のわきをすり抜け、長屋の木戸へと駆け出した。軽くあたまをさげてから幹太郎を追うと、三町ほど離れた三十三間堂《げんどう》前で待っていた。

「おいらが逃げたから、おいちゃんから離れることができたんだよね」

「生意気いうんじゃないの」

図星をさされた一乃は、笊の縁《ふち》で幹太郎のあたまを打った。

「いててて」

「痛いわけないでしょう、撫《な》でただけで」

「笊にひっかかった髪の毛を、かあちゃんが抜いたんだよ」

「それはお気の毒さま」

じゃれあいながらふたりが向かうのは、東に半里（約二キロ）入った砂村新田《しんでん》の農家、おせきの宿《やど》である。一乃はおせきから野菜を仕入れていた。

日本橋両替商の跡取り娘が深川の裏店に暮らして五年、野菜の棒手振《ぼてふり》を始めて二年が過ぎている。おせきのこどもが鉄幹から手習いを受けたのが、商いを始めたきっかけだった。

おせきは裏に竹藪《たけやぶ》を抱えた農家の四人姉妹の長女で、近在農家の三男富蔵《とみぞう》を婿《むこ》にとって跡を継いだ。両親はすでに他界しており、富蔵との間に一男二女を授かったが、最初に生まれたのが女の子だった。二番目に男児を授かったときは跡取りができたと大喜びし、農家のこどもながら読み書きを習わせようとして張り切った。

が、砂村に寺子屋はない。長男庄吉《しょうきち》が数え四歳になった二年前の正月、おせきは菩提寺《ぼだいじ》の口利きで深川茂林寺《もりんじ》の鉄幹をたずねた。

こどもが通うには遠過ぎますと、鉄幹は断った。半里の道はおとなの足でも四半刻《しはんとき》（三十分）はかかる。まして四歳のこどもである。六万坪の埋め立て地を通り抜ける道はいつも砂が舞っており、冬は木枯《こが》らしが襲いかかった。

ところがおせきは、どう断られても一歩も退《ひ》かない。

「雨降りや風の強い日と、冬場は休ませるということでよろしければ預かりましょう」

根負けした鉄幹が折れたときの、おせきの喜びようは並みではなかった。

十日に一度は、季節の朝採《あさど》り野菜を籠《かご》一杯に運んできはじめた。たっぷりの下肥《しもごえ》と陽《ひ》を浴びた野菜は香りが高く、いずれも旨味《うまみ》に富んでいたが、親子三人では食べきれない。一乃が茂林寺や長屋におすそ分けをしたところ、受け取っただれもが誉《ほ》めそやした。

幹太郎が三歳を迎えた昨年正月中旬、大根煮を口にした一乃が、担ぎ売りを始めたいといきなり言い出した。

鉄幹が茂林寺から受け取る寺子屋の給金は、月に銀二十匁《もんめ》（千六百六十六文）。店賃《たなちん》六百文と暮らしの費《つい》えを払うと、ほとんど残らない。一乃が実家から持ち出した質草《しちぐさ》になる着物は、すでに底を尽いていた。

「物売りはおまえの気性に合っているだろうが、暑い日寒い日、それぞれにきついぞ」

気遣《きづか》ってはみせたが、鉄幹は棒手振に反対はしなかった。長屋暮らしの女房が働くのはあたりまえだったからだ。

大店育ちの一乃が八兵衛店に越してきた当初は、長屋の女房連中は遠巻きにして近寄らなかった。一乃はもっともうるさ方の女房の宿をたずねて、下地《したじ》（しょうゆ）を貸して欲しいと頼み込んだ。

互いに肩を寄せ合って暮らしている長屋である。気取りなくものを借りにきた一乃を見て、女房は喜んで下地を貸し、裏店仲間として受け入れた。

そのいきさつを覚えていた鉄幹は、一乃なら客にも好かれると判じ、棒手振を始めることに異を唱えなかったのだ。

庄吉の師匠の女房が野菜売りを始めると知って、おせきは品物の目利きから値付けの仕方までを親身になって教え込んだ。行商に使う天秤棒は、古いものを近所の農家からおせきが手に入れた。笊は真新しいものを、これもおせきが商い始めの祝儀《しゅうぎ》にくれた。売り声の出し方や天秤棒の担ぎ方を二日の間、農家の庭先で稽古《けいこ》した。

三日目の朝は、開業を祝うかのようにきれいに晴れた。行商初日から、一乃は料理屋や大店の勝手口だけを選んで売り歩いた。

わけは二つある。

ひとつは客を横取りされた棒手振から反感を買うのがいやだったからだ。小商いの者が客を食い合ったら、揉《も》めごとを起こすに決まっている。それゆえ一乃は、自分が暮らす八兵衛店でも売る気はなかった。

もうひとつは、裏店相手では大きな稼ぎが望めないということである。

おせきの野菜は根菜でも葉ものでも、水気と香りに富んでいた。が、裏店では大根一本が五十文で売れれば上出来だった。

八兵衛店にくる棒手振の商いを、一乃は毎日のように見ていた。おせきの野菜なら料亭の食材としてでも、大店の奥向きの賄《まかな》いものとしてでも充分に売れると一乃は思った。

どこの商家でも、賄いの費えにつましいことを、一乃は実家の本多屋を見ていて分かっている。しかしあるじが口にする奥の賄いは、つましいながらも日本橋の青物屋から吟味《ぎんみ》したものを仕入れていた。料亭となればなおさら目利きにはうるさい。

おせきの野菜を初めて食べたとき、一乃は味の見事さにおどろいた。本多屋の奥で口にしてきたものよりも、はるかに品がよかったからだ。

野菜のよさを食べて分かっていた一乃は、気後《きおく》れすることなく料亭の板場や大店の勝手口をおとずれた。料理人も賄い女中も、泥のついた朝採りの大根が三十文だといわれて、ふたつ返事で買ってくれた。

「ものを気に入ってくださったら、明日からは百文で買ってくださいね」

大根を買った何軒かは、その後も一乃から求め始めた。あれこれ試しながらひと月が過ぎたあと、一乃は得意先を深川界隈《かいわい》の六軒に絞った。料亭が二軒、瀬戸物屋、乾物屋、呉服屋が各一軒、それに茂林寺である。

女の身体《からだ》で担ぐ数には限りがあったし、それだけ売れれば暮らしは充分に成り立ったからである。

採れ過ぎて野菜が腐りそうになったときは、おせきからただ同然でもらいうけ、それを八兵衛店に出入りする棒手振に安値で卸《おろ》した。

担ぎ売りは大喜びしたが、一乃はしっかり算盤《そろばん》を合わせている。この呼吸遣《いきづか》いは、父親木三郎《きさぶろう》譲りだった。

「かあちゃん、見て見て……ちょうちょうが凄いよ」

洲崎《すさき》の海を右手遠くに見る埋め立て地にも、春の陽が降り注いでいる。桜こそ植わってないが、小川の土手は野花に埋まり始めていた。

紋白蝶《もんしろちょう》を追って幹太郎が駆けてゆく。おせきの宿まであと七町、ここからは左右に蛇行しながらも一本道である。幹太郎が先に行っても心配はなかった。

遠くに竹藪が見え始めた。この数日、おせきと富蔵は毎朝たけのこを掘っている。ところがこの朝一乃が着いたとき、おせきは幹太郎相手に畑から摘《つ》んだ大根の花を飛ばして遊んでいた。

「おはようございます。今朝はたけのこを掘らないんですか」

「それがさあ、うちのが腰痛いって寝ちまってんだわ。いっちゃん、わるいけんどよう、たけのこ掘りを手伝ってくんねえかね」

「わたしにできますか?」

「なんもしんぺえねって。いまは毎日掘らねえと、伸びちまって食えなくなるからさ。駄賃がわりに好きなだけ持ってっていいからよう、一刻《いっとき》（二時間）ばっか力仕事やってくんねえかね」

はなから一乃を当てにしていたらしく、おせきはすでに細めの鋤《すき》を用意していた。

「分かりました」

返事を聞くと、おせきは大根の花を地べたにおいて立ち上がった。

「好きなだけってわけにはいかないから、わたしが掘った半分をいただくってことでいいですか……そしたら頑張って、三十は掘っちゃうから」

「もちろんいいけんど、三十も掘るのはえらいと思うがね」

おせきがにやりとした。

竹藪に入り、生まれて初めてたけのこ掘りを始めて幾らも間をおかず、一乃は「えらいと思うがね」を身体で知った。

「あたまが二寸（約六センチ）も出てたら後回しにしな。わらじの底で、コツンと感じるぐらいのを掘り出すんだからね」

枯れ草が少し盛り上がっているわきを鋤で掘り下げるのだが、周りには竹の根がびっしりと張っている。その根を鋤で断ち切らねばならず、これが大変な力仕事なのだ。やっとの思いで最初のたけのこの周りを一尺（約三十センチ）ほど掘り下げたが、どうやって取り出すかが分からなかった。

「おせきさあん」

離れた場所で掘っているおせきに大声を投げた。

「どうした、とれたかね」

「取り出すにはどうするんですか」

「根っこに鋤を斜めに差して、すっぱり切りな。思い切りやらねえと切れねえよ」

教えられた通り、鋤を斜めに力いっぱいに差し込んだ。きれいに鋤が通り、たけのこの上部を揺すると手前にぽこっと外れた。

初めて掘り出したたけのこを、藪の隙間《すきま》からこぼれてくる陽にかざして見た。富蔵たちが掘り出したものとは、底の形が違っている。一乃はおせきのところまで持って行った。

「だめだあ、こりゃあ……きっちり根っこんとこで切らねえと、売りもんにはなんねえ。あんたが持ってけえる分にしな」

その後も一乃は、二つのたけのこ掘りに失敗した。が、半刻過ぎたころにはコツを会得《えとく》し、売り物になるものが取り出せた。

「かあちゃん、たいへんそうだね」

竹藪を駆け回って遊んでいた幹太郎が、右手を後ろに回して近寄ってきた。

「おまえも掘るの手伝いなさい」

「いいよ」

背後に回った幹太郎は、一乃の背中を竹の細枝でがざがざっとこすった。

「かあちゃん、へびだ」

「きゃあああ……」

一乃はその場に座り込んでしまった。

「うそだよ」

枝を放《ほう》り出して幹太郎が逃げてゆく。くやしがった一乃が枯れ草をぐいっとひと掴《つか》み握り、幹太郎に投げようとした。ところが、ふっと思い留《とど》まった。手のひらに、なにかを感じ取ったからだ。手をどけると、草のなかで小さな塊《かたまり》が鈍く輝いている。光のあふれたところに持ち出して確かめたら、本多屋で見慣れていた一分金《いちぶきん》だった。

一分金は銀十五匁、千二百五十文の値打ちがあり、鉄幹の給金ひと月ぶん近い大金である。長屋暮らしや百姓には、一分金は縁遠いはずだ。

こんなところに落ちていたのは、なにかわけがあるのかも知れない……。

一分金をふところにしまい込むと、事情が分かるまでおせきには黙っておこうと決めた。

この朝一乃は、全部で二十三のたけのこを掘り出した。

「駄目にした三つを入れて、わたしが十個いただいてもいいですか」

「もちろんいいともさ。初めてにしちゃあ上出来だがね。明日も掘るかよう」

「えっ……やめときます……」

この日は野菜の仕入れを控えて、いつもとは商いの順路を変えた。商家よりも先に料亭に顔を出し、自分で掘り出したたけのこを商った。

四月初旬で、まだ初物に近い品だ。二軒の料亭がたけのこ六個を、いずれもひとつ三百文で求めてくれた。これだけで千八百文、いつも以上の商いとなった。

前後に吊るした笊に二個ずつのたけのこをのせた一乃は、軽い足取りで仲町の辻を右に折れた。

「ねえさん、ちょいっと待ってくんねえ」

足を止めた一乃が振り返ると、藍染《あい》めの縞柄を着た背の高い男が立っていた。

「なんでしょう」

「そのたけのこ、売りもんかい」

「ごめんなさい、売り先が決まってます」

「そいつあ惜しいなあ。ちょいと見してもらうぜ」

男は後ろの笊からたけのこを取ると、手に持って香りを確かめた。

「上物じゃねえか」

男の目が真剣味を帯びた。

「おれは山本町の得月《とくげつ》てえ店の板場を預かってる、庄次郎《しょうじろう》てえもんだ。ねえさん、野菜売りだろう?」

「はい」

「一度、うちにも寄ってみねえ。ものがよけりゃあ取ってもいいぜ……ぼうず、しっかり助《す》けろよ」

男は、幹太郎のあたまをぐりぐりっと触り、富岡八幡宮に向けて歩き去った。

「かあちゃん、あのひと縞柄を着てたよ」

「……………」

「でもさあ、あのひと、おせきおばちゃんが売れないって言ったのをほめたよ。おっかしいね」

幹太郎の言う通り、男が香りをかいだのは途中で折れて根元まではないたけのこだった。

縞柄って、あのひとのことかしら？

茂林寺に向かいつつ、一乃は白龍の見立てを思い返していた。

二

「つまりは、娘とは出会えなかったということだろうが」

渋面《じゅうめん》の本多屋木三郎が、煙草盆《たばこぼん》をキセルで叩《はた》いた。顔を拵え忘れた白龍は、しきりにあごひげを撫でている。白龍のわきでは、縞柄を着たお店者《たなもの》風の若い男が、背を丸くして座っていた。

「瀬戸物屋の辻に四ツ（午前十時）前から立ちまして、お嬢様をお待ち申し上げておりました」

「聞きましたよ、それは」

木三郎のぞんざいな返事で、男はさらに身を小さくした。

「今日に限って、商いには来なかったというんだろう」

「さようでございます」

苦い顔の木三郎が目を白龍に移した。

「娘はあんたの見立てを、きちんと真に受けたんでしょうな」

「間違えようのない言葉で伝えました」

「…………」

木三郎のため息に、泉水《せんすい》で跳ねる鯉《こい》の水音が重なった。


いまから五年前の文化十三（一八一六）年四月初旬。一乃は本多屋番頭頭取の嘉兵衛《かへえ》に連れられて、日本橋常盤《ときわ》町の本両替和泉屋《いずみや》まで出向いていた。大坂の両替商と付き合いのない本多屋は、取引先から持ち込まれる受取手形の決済を和泉屋に頼んでいたからだ。

その日は春風の強い日で、一乃お気に入りの手拭《てぬぐ》いが風にさらわれて舞い上がった。

楓川《かえでがわ》に落ちるのを案じて追いかけた一乃は、小松町の角から出て来た男に気づかず、身体ごとぶつかった。

「なにしやがんでえ」

銀杏《いちょう》つぶしの髷を斜に崩した、見るからに渡世人風の男である。まだ風は冷たさをはらんでいるのに、男は木綿《もめん》のひとえに素足で、薄い雪駄《せった》を突っかけていた。

「ごめんなさい」

一乃はちょこんとあたまを下げただけで、すぐに手拭いを追いかけようとした。

「姐《ねえ》さん、待ちな」

底意地のわるそうな声に呼び止められて、一乃の足が止まった。

「けえしなよ」

「なんのことでしょう」

「すっとぼけんじゃねえ。すり取ったおれの紙入れをけえせてえんだよ」

突然の言いがかりに一乃は戸惑ったが、目は手拭いの行方《ゆくえ》を追っていた。一町（約百メートル）ほど先で地べたに落ちて、通りかかった男が拾い上げた。

安堵《あんど》したところで渡世人に目を向けたとき、嘉兵衛が駆け寄ってきた。

「どうなさいました」

「なんだ、てめえは」

男は眉が薄くて三白眼《さんぱくがん》だ。紫色の唇は分厚く、唾《つば》で濡れていた。

「こちらの方が、すり取った紙入れを返せとおっしゃるんだけど、わけが分からなくて」

「なにかのお間違いでしょう」

嘉兵衛が男と一乃の間に立った。

「てまえどものお嬢様がすり取るなど、とんでもないことです」

「なにがどう、とんでもねえんでえ」

渡世人が肩をいからせた。

「どこのお嬢様だか知らねえが、ぶつかるまではふところにへえってた紙入れが、神隠しにあったみてえに消えちまったぜ」

次第に男の声が大きくなっている。嘉兵衛は助けを求めるように周りを見たが、間のわるいことにひとが歩いていなかった。

「どうしてもとぼけてえんなら、この場で着てるものを脱いでもらおうじゃねえか。なんにも出てこなきゃあ、おれっちの勘ちげえてえことよ」

お店《たな》の娘らしいと気づいて、渡世人の血がカネの匂いを嗅《か》ぎつけたらしく、脅《おど》し文句を吐きながら考えをまとめているようだった。

あるじの娘を窮地に立たせてしまい、番頭はうろたえた。さりとて六十間近な嘉兵衛には、腕力などあるわけがない。途方に暮れて身動きができなかった。

番頭の横に立つ一乃は、怯《おび》えるでもなく、成り行きを楽しんでいるかに見えた。

楓川端《ばた》を歩いていた鉄幹の前に、一乃の手拭いが落ちた。南塗師《ぬりし》町の筆具商、巴屋《ともえや》から算盤を受け取った帰り道で、楓川河岸《がし》を一乃の方に歩く途中だった。

手拭いを追う娘が辻から出てきた男とぶつかった始終を、鉄幹は遠目に見ていた。足元の手拭いを拾い上げ、娘に手渡そうと歩くうちに、男の大声が風に乗って流れてきた。

声の調子に不穏なものを感じ取り、足を早めた。

「分かりました、脱げばいいのですね」

「お嬢様……往来で軽はずみな振舞いは、なにとぞおやめください」

「脱がなければ、こちらの方が納得なさらないもの」

笑みを浮かべたまま帯締めをほどこうとしていたところに、鉄幹が駆け寄った。

「待ちなさい」

背後からの声で、一乃の手が止まった。

「どのような次第かは知らないが、かわいい娘さんが往来ですることじゃない」

「当人が脱ぐてえんだ。わきで拝んでる分には構わねえが、半端な口出しはいらねえ」

「凄まなくてもいい」

算盤の包みと手拭いを手にしたまま、鉄幹が渡世人に詰め寄った。

「あらそいごとは好まないが、どうしてもと言うなら相手に……」

鉄幹の鳩尾《みぞおち》に、こぶしが叩き込まれた。うっと息を詰まらせて、鉄幹の身体が二つに折れた。突き出し気味になったあごを両手で押さえつけた渡世人が、今度は膝《ひざ》で思いっきり蹴《け》り上げた。

骨を打たれた鈍い音がして、鉄幹がそのままうつぶせに崩れ落ちた。

「ひとごろしいいい……」

吹き荒れる風を割る叫び声が一乃から出た。

こいつら、まともじゃねえと思ったのか、渡世人は捨てぜりふも吐かずに辻を曲がって姿を消した。

「もしもし、しっかりしてください」

一乃が鉄幹を仰向《あおむ》けにして頰《ほほ》を軽く叩いても、応《こた》えがない。番頭は真っ青な顔で震えるばかりだ。一乃は左手で鉄幹の口を塞《ふさ》ぎ、右手で鼻をぎゅっと摘《つま》んだ。

うぷっと息を詰まらせて、鉄幹が正気に返った。

「ご自分で起き上がれますか」

「あっ……いやはや、面目《めんぼく》ない」

照れながら鉄幹が立ち上がった。転がっていた風呂敷と自分の手拭いを拾いつつ、一乃も一緒に立った。

「どうも腕力はさっぱりでしてね」

ほこりのついた総髪をかく鉄幹の顔が、きまりわるそうだ。

「言葉で相手が怯《ひる》んでくれるかと思ったのだが、甘かったようだ」

「わたしのことを、かわいい娘さんって、言ってくれましたよね」

「はい」

「元気な娘さんとはよく言われるんです。でも、かわいいって言われたのは今日が初めてです……」

それから半年後の十月中旬。

鉄幹は錦《にしき》の袈裟《けさ》をまとった茂林寺の住持《じゅうじ》、円周《えんしゅう》とともに本多屋の奥座敷にいた。向かいに座った木三郎は、なにかを口にするたびにこめかみを引きつらせている。

そんな話し合いが、半刻（一時間）近くも続いていた。

「どうあっても、ふたりのことを許してはくださらぬか」

「鉄幹さんが、娘の恩人であることは充分に承知です。娘がこころを寄せていることも親なら分かります」

怒りが募《つの》ったときのくせであるこめかみのひきつりが、一段と激しくなった。

「ですがご住職、一乃は婿取りをしたうえで、うちの身代《しんだい》を継ぐのが務めです。他のことならともかく、このお話だけは本多屋木三郎、断じて受けかねます」

五度目の断りを木三郎が口にしたとき、いきなり一乃が顔を出した。娘を見た木三郎の口がぽかんと開いた。一乃の髪から髷が消えて、脂の抜けた黒髪が両肩で切り揃えられていた。

「おまえ、その髪は……」

「おとっつあん、わたしは鉄幹さんと所帯を構えます」

一乃は長屋の娘のように、父親をわざとおとっつあんと呼んだ。木三郎の顔色が大きく変わった。

「そんなことを許してたまるか」

木三郎の怒りは、客の前であることも忘れているかの激しさだ。言葉遣いも大店のあるじのものではなかった。

「許していただけなくても、わたしは嫁《とつ》ぎます。たとえ勘当されても仕方ありません」

言い終えると、鉄幹のとなりに座った。

「よくも言えたものだ」

木三郎が鉄幹と一乃を睨《にら》みつけた。

「望みとあらば勘当しよう。言っておくが、わたしは内証勘当などという半端はしない。きちんと届け出て、勘当帳に載せるぞ」

こめかみがどれほどぴくぴくしようが、もう知ったことではなさそうだ。

「だれかいないか……おいっ、だれかいないのか」

呼び声の剣幕におどろいたのか、女中ではなく嘉兵衛が飛んできた。

「お客様がお帰りだそうだ。こちらの娘さんもろともお引き取りいただいたら、ざる一杯の塩を撒《ま》きなさい」

言うなり木三郎は座敷を立った。


一乃が本多屋を出てすでに五年。勘当を言い渡した木三郎だが、一度も実家に寄り付かない娘の身を案じない日はなかった。

平気で口答えをし、深い思慮のないまま即座に動く娘を、ときには本気で疎《うと》ましく思ったりもした。しかし追い出したその日から、ものさびしさに襲われた。

「ひとを立てて、一乃にきちんと祝言《しゅうげん》を挙げさせましょう」

気落ちした木三郎に妻の静乃《しずの》が取り成しを言うと、にべもなく撥《は》ねつける。始終不機嫌な木三郎には、奥も店も、ほとほと困り果てていた。

それを巧《うま》くさばいたのが白龍である。本多屋と古い白龍は、一乃が家を出された顚末《てんまつ》も、その後の木三郎の不興もすべて見ていた。

「一乃どのは深川冬木町の八兵衛店という裏店に住まわっておいでです」

「なにが哀《かな》しくて裏店などに」

娘の様子を知らされた木三郎から言葉が途絶えた。

「てまえが八兵衛店に越しましょう」

白龍がわずかに身体を反《そ》らせた。

「昨日のうちに、空店《あきだな》のあるなしを確かめました。好都合にも、一乃どのの二軒となりが空いております。本多屋どのがご承知くだされば、明日にでも移ります」

聞いた木三郎の顔に、にわかに朱《しゅ》が差した。

「それは助かる、ぜひにもよろしく」

一乃が本多屋を出てふた月過ぎたところで、ようやく木三郎の顔がゆるんだ。

宿替えの日、白龍はわざと長屋の路地で一乃と鉢《はち》合わせした。

「こんなところで会おうとは」

「越してきたのは白龍さんなの」

裏店で出くわした一乃がおどろいた。

「いまでもうち……本多屋さんには出入りをしてますか」

「もちろん。本多屋どのもお達者ですぞ」

「お母さんは?」

父親をおとっつあんという一乃も、母親はきちんと呼んだ。

「うかがうたびに、一乃どのを案じておられます」

「身体の具合に変わりはありませんか」

「息災にお過ごしのようです」

「そうですか」

母親の元気なことを知り、一乃が顔をほころばせた。

「ここの方角に強く惹《ひ》かれて越してまいったら、一乃どのに出会えるとはの」

この日を境に、白龍は一乃と本多屋との繋《つなぎ》役を務め始めた。一乃は母親の様子を知りたがり、本多屋では木三郎が白龍を待ち焦《こ》がれるようになった。

「おなかを大きくされました」

「いよいよ産み月が近そうですぞ」

孫が生まれそうだと分かったあとは、五ツ(午前八時)に店を開けるや否や、白龍はまだかと店の者をせっつきだした。

「元気な男の子を授かりました」

男児の誕生を知った朝は雨だった。木三郎は足元のわるさもいとわず、白龍をともなって水天宮《すいてんぐう》にお礼参りをした。

「茂林寺の住職が、幹太郎と名付けられたようです」

「元気そうな名だ」

住職の命名を誉めつつも、木三郎は名づけにかかわれないのがくやしそうだった。

「産着《うぶぎ》はどうなっている。せめて何枚かを届けてくれないか」

「できません」

白龍の断り方はきっぱりしていた。

「それとなく問いましたが、もしもそのようなことをすれば、わしとは二度と口をきかないと……あのご気性ですから」

「それではカネはどうだろう。お産となれば入費《にゅうひ》もかかる」

「おなじことです」

「だめだというのか」

あごひげを撫でながら白龍がうなずいた。

「ご亭主の稼ぎはよろしくなさそうだが、お産の入費は茂林寺が受け持ちました」

「どれほどの寺かは知らないが、産婆の手当てだけでも、そこそこはかかるだろうが」

「案ぜられることはありません。お産は長屋の産み屋《うや》で済まされましたから」

それを聞いた木三郎の顔色が変わった。

「なんのことだ、その……産み屋とは」

「八兵衛店には、お加寿《かず》さんと申す取り上げ婆さんがおりましてな」

「それで？」

「お加寿さんはおのれの宿を、お産場と産後の養生場に使わせております」

「長屋の粗末な普請《ふしん》じゃないのか」

詰め寄る木三郎の声が尖《とが》っている。気迫に押されて白龍の膝がうしろにずれた。

「板の間に薄い布団《ふとん》と夜着だけという粗末な造りですが、狭い長屋でお産場所もない者には重宝《ちょうほう》がられております」

「そんなところで一乃が……」

初孫誕生を祝うはずの木三郎から、あとの言葉が出なかった。

幹太郎が三歳を迎えた正月から、一乃は野菜の棒手振を始めた。聞かされた木三郎は、煙草盆を壊すほどにキセルを打ち付けた。

「なにを考えておるんだ、あれは」

怒りで声が裏返っていた。

「やるに事欠いて棒手振とは……親を虚仮《こけ》にするにもほどがある」

木三郎は激怒したが、それで何かが変わるわけでもない。無理にやめさせようとか、娘を本多屋に連れ戻そうなどとは考えない思慮が木三郎にはあった。

肚《はら》を立てながらも、実のところは娘が商いを始めたことにはひそかな喜びを感じていた。

ところが今年に入って、幹太郎が一乃とともに野菜売りに出ていることを知った。

孫は鉄幹の寺子屋で読み書きを習っているものと思い込んでいた木三郎は、どうにも我慢がきかなくなった。

「今度という今度は見逃せない、すぐにもやめさせるぞ」

話の途中で木三郎が立ち上がった。

「わたしのいうことを聞くようなあれじゃあない。いますぐひとを遣《や》って連れ戻そう……おい、静乃」

凄《すさ》まじい剣幕の木三郎をなんとか抑え込んだのは、またしても白龍だった。

「てまえに一計《いっけい》があります。とにかくお座りください」

渋々ながら木三郎が座り直した。

「一乃どのの道筋は決まっております」

「それで……さっさと先を続けてくれ」

もったいをつけて話す白龍を急《せ》かせた。

「門前仲町《もんぜんなかちょう》の瀬戸物屋がはなで、茂林寺が仕舞《しまい》です。これは毎日変わりません。明日の朝、ひとつの見立てを一乃どのに伝えます」

「あんたの言うことが旨《うま》く呑《の》み込めないが」

「つまりは仕組む、ということです」

「はかりごとで娘をだますつもりか」

木三郎が気色《けしき》ばんだが、白龍は意に介さぬ様子で話を続けた。

「たとえば、その日最初に出会う縞柄の男が一乃どのに吉報をもたらすとか何とか……」

「それで？」

「一乃どのが顔を知らない男を、ひとり誂《あつら》えられますか」

「そんなことは雑作《ぞうさ》もない」

「その男を青物の仲買にでも仕立てて、一乃どのから野菜を仕入れられればよろしい」

まだ木三郎は話に得心していない。白龍はあとの口を急いだ。

「一乃どのの野菜は、まことに物がいい。こちらで仕入れられても、この辺《あた》りですぐにさばけます。買値を高くなされば、一乃どのも身体を楽にして実入りが増えます」

「そうか……それは妙案だ」

膝を打った木三郎は、安次郎《やすじろう》を呼び寄せた。三年前に和泉屋から頼まれて使っている手代《てだい》の安次郎なら、一乃は顔を知らない。何人でも用意できると請け合ったものの、まったくの他人に頼むには話が微妙に過ぎた。

「明日の朝、おまえに大切な用をこなしてもらう。白龍さんの指図を受けて、ぜひとも首尾よく運んでくれ」

ふたりは念入りに段取りを確かめ合った。ところが朝掘りのたけのこを売り歩いた一乃は、この日に限って商いの道筋を変えた……。

木三郎が深いため息をついたその夕刻。一乃は持ち帰ったたけのこで、たけのこ飯を炊《た》きあげた。本多屋のころは旬《しゅん》の味で何度も口にしていたが、八兵衛店では初めてである。

「鉄ちゃん、こんなぜいたくなものは食べたことがないでしょう」

「ああ、ない」

「かあちゃんが掘るのをしくじったから、みんなで食べられるんだよね」

熱々《あつあつ》をひと箸《はし》ずつ、ふうふうと冷ましながら幹太郎が口に運んでいる。千八百文の大商いができた一乃は、こどもが減らず口をきいてもにこにこ笑っていた。

「さっきおまえが言ってた一分金がどうとか……きちんと聞いてなかったんだが」

「あっ、すっかり忘れてた」

急いで立ち上がった一乃は、枕屏風《まくらびょうぶ》の陰から担ぎ売りの銭袋を持ってきた。

「本多屋にいたときには毎日のように見ていたけど……この一分金は、なんだか光りかたが違う気がするの」

「おれには金判なんか縁がないしなあ。光りかたが違うと言われても分からない」

「白龍さんに頼んで、嘉兵衛さんかおとっつあんに見てもらおうかしら」

「贋金《にせがね》かも知れないと思ってるのか」

「分からないけど、ひょっとしたらという気がするの」

「ひとつ間違えれば、おまえの首が飛ぶだけでは済まないぞ」

幹太郎の目が丸くなり、箸が止まった。

「大丈夫よ、幹太郎」

一乃は笑いかけることで、こどもの心配を取り除いたが、鉄幹に向き直ったときには真顔に戻っていた。

「うっかりしたことが言えないから、うちで確かめてもらいたいのよ」

「それは分かったが、そんなことを白龍さんに頼んで大丈夫なのか」

「白龍さんなら平気よ。今朝はちょっと怒らせたけど」

二軒おいた宿では、一乃と顔を合わせたくない白龍が、大きなくしゃみを放《はな》っていた。

三

得月の板場、庄次郎が浮かれ顔で永代橋《えいたいばし》を渡っていた。向かう先は日本橋の魚河岸《うおがし》で、六ッ（午前六時）の鐘が鳴り終わったばかりである。

大川の先に広がる佃《つくだ》の海から、四月の朝日が昇っている。その柔らかな陽が、河畔《かはん》の松の濃緑を照らし出していた。

今朝早く、板長《いたちょう》の源助が大山詣《もう》でに出立《しゅったつ》した。このさき十日間は板場を仕切れることで、庄次郎の口元がゆるんでいた。

「ものさえよけりゃあ、おめえが好きなところから仕入れてもいいぜ」

二日前の朝に留守中の仕入れを任された庄次郎は、魚河岸の魚松《うおまつ》と掛け合い、一両につき二朱の割戻しをもらう話をつけた。得月が仕入れる魚は、日に八両を下回ることはない。八両仕入れれば、一両の小遣いが手に入る勘定である。

運がよけりゃあ、初鰹《はつがつお》が手にへえるかも知れねえ。こいつを引けりゃあ、お宝もぐんと膨らむてえもんだ……。

　割戻しはその場でもらう決めである。催促がきつくなった賭場《とば》にも、これできれいに返せるとの皮算用を繰り返しつつ、庄次郎は急ぎ足で永代橋を渡った。


　同じころ、砂村新田の竹藪には富蔵がいた。日の出とともに鋤を手にして藪に入った富蔵の動きがおかしい。

　あたまを出した幾つものたけのこには目もくれず、枯れ草を拾ってはなにかを探していた。探し物は、おとといの朝拾った一分金の残りがないか、だ。本来なら昨日も続けて竹藪に入りたかったが、起き上がれないほど腰に痛みを感じてあきらめた。

　一分金は女房が落としたに違いない、と富蔵は断じている。

　入り婿の富蔵は野菜商いの勘定をおせきに握られており、カネが自由にはならない。夜の床でおせきに尽くしたあとにもらう何粒かの豆板銀が、唯一の小遣いだった。

　今年の正月、おせきが厠《かわや》に立った隙に、銭袋から十匁の丁銀を一枚くすねた。ひと粒一匁の小粒ならともかく、十匁もある丁銀ではばれて当然である。

「おめが盗んだろうがよう」

　怒り狂ったおせきは、大根で婿のあたまをぶっ叩いた。それ以来、おせきは片時も銭袋を離さなくなった。

　くすねられるのがいやで持ち歩ってよう、竹藪でこぼしてりゃあ世話ねえべ。

胸のうちで毒づいた。そのかたわらで、一分もの大金を失《な》くしていながらなにも騒がないおせきを、富蔵は訝《いぶか》しく思った。

しかし竹藪に他人が入るはずがないのだ。昨日は担ぎ売りの一乃が手伝いで竹藪に入ったらしいが、一分金を見つけたのはその前の日である。

どう思案しても、落としたのはおせきとしか思えなかった。

あと四半刻も探して見つからなけりゃあ、あれっきりねえべ。

まだ痛みの残る腰をこぶしで叩いたあとで、枯れ草を両手一杯にすくい取った。


八兵衛店の井戸端に朝の光が差していた。四月初旬頃の朝、ここに陽が届けば五ッ（午前八時）が近い。障子戸を開けて一乃が顔を出したのはいつも通りだが、白龍の姿がなかった。首をかしげつつ、一乃は二軒となりの障子戸を叩いた。

「白龍さん……」

なかでひとの動く物音はするが、出てくる気配はない。戸口に立っていたら、わらじを履《は》き終えた幹太郎が寄ってきた。

「白龍のおいちゃん、どうしたのかなあ」

「大きな声をだすんじゃないの……いま起きてくるところだから」

「おいちゃんが寝坊するなんてめずらしいけど、ほんとうに寝坊かなあ。なかで死んでたら大変だよ……おいちゃん、もう歳《とし》だし」

幹太郎の高い声が届いたらしく、戸の内側で白龍が、うおっほん、と咳《せき》払いをした。一乃が幹太郎のあたまをごつんとやった。

「起こされるまでまったく気がつかぬとは、はなはだ不覚……」

「おはようございます」

白龍の大仰《おおぎょう》な物言いを、一乃が途中でさえぎった。

「昨日の朝に聞かされた見立てですが」

白龍の動きが固くなった。ひげに手をあてて口を開きかけたとき、一乃が先に言葉を続けた。

「当たりました。やっぱり白龍さんて凄いんですね……ねえ、幹太郎」

「うん。おいちゃんの言った通り、仲町のところで、かあちゃんが縞柄を着たひとに声をかけられたよ」

ひげを撫でる白龍の手が止まった。表情を変えなかったのは、年季の入った易者ならではだ。目一杯のしたり顔を拵えると、一乃にさきを促した。

「得月って料亭が山本町にあるでしょう」

「まだ入ったことはないがの」

「そちらの若い板場さんが、ものさえよければ買ってもいいって言ってくれました」

「板場がのう……それで、一乃どのはどうなさるつもりかの」

「それを白龍さんからうかがいたいんです」

白龍は低く唸《うな》りながら目を閉じた。しばらく経《た》って目を開くと、ひげを撫でる手の動きが忙《せわ》しなくなった。

「筮《めどき》を持ってくる間、ここでお待ちなさい」

なかに入った白龍は、筒に入った筮竹《ぜいちく》を手にした。が、すぐには動かず、あれこれと思案を巡らせた。なんとかまとまると、大きな咳払いをしてから障子戸を開いた。

「さほど難儀な易ではござらん。筮だけの見立てで充分じゃろう」

手にした五十本の筮竹から、一本を取り除いて口に銜《くわ》えた。目を閉じたまま残りを左右の手に分けると同時に、目を大きく見開いた。顔つきがすっかり八卦見《はっけみ》である。初めて見る白龍の所作に、一乃も幹太郎も見入っていた。

一本口に銜えたまま、右手の筮竹を帯に挟んだ白龍は、なかの一本を引き抜き、左手の薬指と小指で挟んだ。筮竹を銜えたままの口で呪文《じゅもん》のような唸り声をあげ始めた。すべては一乃を信じ込ませる芝居である。白龍は左手に残した筮竹を二本ずつ、八回右手に移した。左手には薬指と小指に挟んだ一本だけが残った。

軽く閉じた目をすぐに開くと、銜えていた一本と帯に挟んだ筮竹、それに左手に挟んでいた一本を、すべて右手で握り締めた。

「見立ては乾《けん》と出た」

物々しい声音《こわね》だが、一乃はそれをからかう気が吹き飛んでいるようだった。

「方位が戌亥《いぬい》、つまりここから北西が吉方《えほう》じゃが、得月は未申《ひつじさる》に向いておる。その男は、わしが強い気を感じた者とは別人じゃ」

「分かりました。得月さんのことは、しばらく放っておきます」

一乃は白龍を信じ込んでいるようだ。

「それがよろしい。またなにか気を感じたら、一乃どのにお伝えしよう」

「おいちゃんて凄いんだね」

白龍のあごがぐいっと突き出された。

「白龍さん……じつはもう一つお願いしたいことがあるんです」

一乃が銭袋の紐をゆるめた。

「一乃どの、見料などは無用じゃ」

「えっ……いや、そうではなくて……お願いというのがこれなんです」

一乃の右手に鈍く光る一分金が握られている。勘違いを取り繕《つくろ》うかのように、白龍がまた、あごひげをせわしなく撫で始めた。

「今日は本多屋さんに行きますか」

「ご用があるなら参りますぞ」

「この一分金を、嘉兵衛さんに見てもらってください」

「見てもらうとは……なにかこれが？」

白龍の目が鋭くなった。

「昨日拾ったのですが、何となく気になるものですから」

一乃の目を見詰めた白龍は、そのうえの問いを差し控えた。

「かならず本日、日本橋に出向いたうえで、本多屋どのにお渡しいたしましょう」

番頭ではなく、木三郎に手渡すことを請け合った。一乃から安堵《あんど》の吐息《といき》がこぼれた。

## 四

八兵衛店の突き当たり奥が産み屋である。三間間口《さんげんまぐち》で他より少しは広いが、粗末な造りには変わりがない。ただし土間が広く、産湯《うぶゆ》を沸かすへっついは炊き口が四つある大きなものだ。

「もうすぐ島崎町のおかねさんが来るからね。お湯を二つ沸かしておいて」

「分かりました、すぐに取りかかります」

手伝いのおあきが澄んだ声で返事をした。

おあきは産み屋の棟《むね》の九尺二間、六畳ひと間に土間付きが宿だ。五歳年上の兄分吉《ぶんきち》と二人暮らしである。

この正月で二十二歳になった分吉は、海辺大工町の辰平《たつへい》親方のもとで漆喰《しっくい》塗りを仕込まれている。五尺四寸（約百六十四センチ）の引き締まった身体の分吉は、鏝遣《こてづか》いが器用で施《せ》主《しゅ》の受けもよく、親方お気に入りの職人だ。辰平は二十五までに相手を世話して所帯を構えさせる気でいるのだが、この話になると分吉の歯切れがわるくなった。

「おあきが片付いたあとなら、話を聞かせてもらいますから」

分吉はこれしか言わないが、妹も今年で十七、縁談にはちょうどの年回りである。木綿しか着ていなくても、なで肩で柔らかそうな腰回り、瓜実顔《うりざね》の真ん中に通ったきれいな鼻筋、厚みのある小さな唇のおあきは、近所でも評判の器量好《よ》しだ。

一度も火事に遭《あ》っていない八兵衛店には、古い店子が多かった。分吉、おあきともに、お加寿に取り上げられた生まれ付いての店子である。ふたりの父親九造《きゅうぞう》は、分吉と同じ左官職人だった。

いまから八年前の文化十（一八一三）年の師走《しわす》に、九造、おちかの夫婦は霊巌寺《れいがんじ》裏の路地で斬《き》り殺された。分吉が十四、おあき九歳の冬だった。正月を間近に控えたこの日は、朝から氷雨《ひさめ》が降っていた。

「うめえ具合に、仕事休みがとれたてえもんだ。両国《りょうごく》のからくり小屋がてえした評判だからよう、今日はおめえも骨休みにしなよ」

きょうはおっかあとふたりだけだぜと言い置いた九造は、分吉に妹を任せて出かけた。

「日暮れまでにはけえるが、火事がおっかねえ。寒いからって火を使っちゃなんねえぜ」

九造にきつくいわれた分吉は、おあきと一緒に火の気のない真っ暗な部屋で両親《ふたおや》の帰りを待っていた。五ツ（午後八時）過ぎ、八兵衛が血相を変えて障子戸を開けた。

「分吉、あたしのところへきな……」

九造、おちかとも、肩口から斬り下ろされていたが、九造のふところには小粒と文銭の入った紙入れが手付かずで残っていた。

「物盗《ものと》りではなく、辻斬りの仕業《しわざ》だろう」

番所で同心《どうしん》から見当を聞かされた。

裏店住まいの職人を殺《あや》めた下手人《げしゅにん》探しなど、ぞんざいな扱いである。武家絡《がら》みの辻斬りとなれば、なおさら役人の腰がひけてしまう。定かなことは何ひとつ分からぬまま幕引きとなった。

とむらいは長屋から出し、差配《さはい》の八兵衛は分吉たちがそのまま住めるように町名主と掛け合った。

明けて文化十一年、十五の分吉は八兵衛の口利きで辰平親方への奉公がかなった。

本来なら九造が出入りしていた、佐賀町の親方への奉公が筋である。しかし先方から断られた。

「妹の世話をしながらの佐賀町通いは、遠過ぎるだろうからよ」

口にしたのは建前で、本音《ほんね》は辻斬りに遭った職人とのかかわりを断ちたかったのだろう。

辰平は佐賀町より人柄が練れていた。見習い職人の給金など無に等しいのだが、ふたりの暮らしが立つだけの出面《でづら》を日ごとに払った。

八兵衛は店賃を半分にし、仕事にならない梅雨時《つゆどき》はふたりに長屋の修繕を手伝わせて、店賃を棒引きにした。

周りの情けに支えられて兄妹はなんとか立ち行けたが、食べるだけで精一杯だ。左官仕事の股引《ももひき》一枚、新しいものを買うゆとりがなかった。

それを助けたのが産婆のお加寿である。数えでやっと十歳になったおあきを手元で使い、こどもが稼げる手間賃のうえの給金を払った。お加寿も八兵衛店の情けに支えられたことで、いまがあったからだ。


二十五年前の寛政《かんせい》八（一七九六）年に、八兵衛は二棟六軒の棟割《むねわり》長屋を普請した。お加寿は店開《たなびら》きからの店子で、越してきた翌日から産婆を始めた。

当時のお加寿は二十三歳。眉と瞳《ひとみ》がくっきりと黒く、絣《かすり》の襟元《えりもと》をわずかに崩した着こなしには隠しようのない艶《つや》があった。

「あたしは、冬木町でお骨《こつ》になる気で越してきましたから」

まださほどの歳でもなく、粋筋《いきすじ》でも通りそうな色香が漂っているお加寿が、長屋で産婆を始めた。越してくるまでの暮らしや在所の話は、何ひとつしないままで、だ。

「なか（吉原）で堕《おろ》しの手伝いをしていたらしいよ」

「そうじゃないって。あのひとが自分のを堕したんだよ」

当初は女房たちが陰で様々に取り沙汰《ざた》した。

越してきて四日目の夕刻、戸板に乗せられた妊婦が黒江町から運ばれてきた。

「まずいことに町内の産婆が寝込んじまったんだ。すまねえが取り上げてくんねえな」

急に産気《さんけ》づいたらしく、亭主はおろおろするばかりだ。容態をひとめ見るなり、お加寿は長屋の戸を叩いて回った。

「すみませんが、産湯を沸かすのを手伝ってください」

陰口はきいていても、お産となれば別である。女房連中は素早く助けに動いた。

お加寿が八兵衛店で初めて取り上げたのは逆子《さかご》だった。手伝い衆が息を詰めて見守る中で、お加寿は慌《あわ》てず女児を取り上げた。

「逆子でも安心して任せられる」

腕のよさに感心した長屋のカミさんたちは、仙台堀を越えたさきの平野町や三好町にまで評判を広めた。

大雪の夜だろうが真夏の昼間だろうが、裏店から頼まれれば二つ返事で駆けつける。長屋の女房たちには、お不動様や八幡様同様にありがたがられた。

翌、寛政九年秋に、八兵衛店が二棟増えることになった。

「少し大きめの部屋を造ってくださいな。そうすればお産のあと幾日か泊まって、ゆっくりと養生もできますから」

お加寿は普請の費えを払うかわりに、造作《ぞうさく》に幾つか注文をつけた。これが産み屋の始りである。

お産は土間に続く六畳の板の間で、出産のあとは奥の十畳間で養生する。畳の間は枕屏風で仕切られており、四人の産婦が休むことができた。

開業の翌月には、産み屋は地元の寄合場所のようになった。六畳ひと間の裏店では、赤ん坊の見舞いもままならない。ところが産み屋なら、遠慮なく祝いに駆けつけられた。古着を売ってでも、産み屋で産みたい……。

深川の女衆は口を揃えて亭主をせっついた。産後、幾日かの骨休めができるからだ。泊まり賃は朝夕の賄いつきで一日二百文。四日も泊まると、ひと月の店賃ほどになってしまう。しかし産み屋に泊めるのが男の甲斐性《かいしょう》とばかりに、亭主たちは二晩は泊まらせた。

お加寿が産み屋を始めた翌年に、分吉をおなかに抱えた九造夫婦が越してきた。一軒おいたとなりということで、分吉もおあきもお加寿に可愛《かわい》がられてきた。

両親が斬り殺されたとき、ひとり暮らしのお加寿は兄妹を引き取ることもできた。それぐらいの稼ぎも蓄えもあったのだが、お加寿は余計な手を差し伸べることはしなかった。そのかわり、おあきが十歳になると手元で働かせてふたりを助けた。

四年前、一乃もここで幹太郎を出産した。日本橋の大店の娘がこだわりなく産み屋でのお産を選んだことで、お加寿は一乃に好意を抱《いだ》いて今日に至っている。

「おかねさんが来ました」

薪《まき》を抱えたおあきのあとから、左手に風呂敷をさげたおかねが、腹を突き出すようにして入ってきた。

「よろしくお願いします」

島崎町の善助店《ぜんすけだな》で印判職を営む清吉《せいきち》の女房、おかねだ。所帯を構えて八年、二十六になってやっと授かった赤子である。風呂敷は、産着と自分の着替えで膨らんでいた。

「うちのひとが、昨夜《ゆうべ》から寄り合いに出たまま帰ってこないんです。あんなにお産は手伝うって言ってたくせに」

　口を尖らせつつも戻ってこない亭主を案じているらしく、声には心細さが含まれていた。

「うっちゃっとけばいいさ、男がいたって役には立たないんだから。それよりしっかり産むんだよ。初めての子は手間がかかるかも知れないけど、きっちり取り上げるから」

　おかねの不安を吹き飛ばすように、お加寿が無事な出産を請け合った。顔の曇《くも》りを消したおかねは、帯に挟んでいた紙入れを取り出した。

「お産の入費は昨日のうちにもらっていましたから……慌てて出てきたんで両替ができてないんですけど」

　おかねが一分金を差し出した。

「これだけあれば、四日は泊まってられるだろうって」

「おあしは充分だけど、一分金なんか受け取ったことがないからねえ」

「駄目ですか」

　おかねの顔がまた曇り始めている。

「いいよ、おあしには違いないんだから」

　お加寿は一分金を受け取った。

「痛むなら、帯をゆるめて横になんなさい。おあき、お湯は大丈夫だね」

# 五

本多屋木三郎が、これまで見せたことのない険《けわ》しい顔で腕組みをしていた。すでに四半刻（三十分）が過ぎているのに姿勢が崩れない。目の前に座った白龍に話しかけもせず、好きな煙草も吸わずに腕組みをしているだけである。

一乃が託した金判は、一昨年（文政二年）九月から通用の始まった文政一分金である。一匁に満たない小さな金貨が、木三郎を重く塞《ふさ》ぎ込ませていた。

徳川《とくがわ》十一代家斉《いえなり》が将軍の座に就《つ》いてすでに三十余年が過ぎていたが、幕府の財政状態は年々厳しさを増していた。

家斉が将軍宣下《せんげ》した天明《てんめい》七（一七八七）年八月に、老中田沼意次《たぬまおきつぐ》が罷免《ひめん》された。翌天明八年七月からは、新任老中松平定信《まつだいらさだのぶ》により寛政の改革が断行され、幕府財政は幾らかは持ち直した。

ところが文化、文政へと移るなかで、北方蝦夷《えぞ》地の守護が大きな課題となり始めた。ロシアが蝦夷と密貿易を始めたからである。その警護費《つい》えに加えて、江戸では大火が相次ぎ、焼失の補修に莫大《ばくだい》な支出を迫られた。

さらに家斉は中年を過ぎて奢侈《しゃし》に流れてカネを遣いまくった。五百万両はあると言われていた幕府御金蔵も、文化十四年に勘定奉行服部備後守《はっとりびんごのかみ》が調べたところでは六十五万両にまで激減していた。

　それを補うために、幕府は懲《こ》りずにまたもや貨幣改鋳《かいちゅう》に手を染めた。名称は重々しいが、つまりは金貨銀貨に混ぜ物をする水増しである。初めての改鋳は元禄《げんろく》八（一六九五）年だが、幕府はこれで五百万両ものあぶく銭を手に入れた。

　味をしめた幕府は、以後も苦しくなるたびに改鋳を繰り返した。なかでも家斉は文政年間十二年のなかで、七回も金銀貨の吹き替えを行わせた。

　一乃が拾った一分金は、文政二年に改鋳されたもので、それ以前の元文《げんぶん》一分金に比べておよそ一割五分ほど金の量が減っていた。

　一乃が本多屋で暮らしていた当時には、文政一分金は世に存在していない。店で見ていた金判は元文一分金、もしくはそれ以前の良質な貨幣である。一乃が違和感を覚えて当然だった。

「お待たせいたしました」

　番頭の嘉兵衛が顔を出したところで、木三郎がようやく腕組みを解《ほど》いた。

「どうだった」

「安次郎が詳《くわ》しく吟味いたしましたが、やはり、いけないものらしい……と」

「安次郎に任せたのか」

木三郎の声が不満げである。嘉兵衛が背を伸ばして座り直した。

「あれはまだ二十八ですが、贋金の目利きでは和泉屋でも一、二と言われております」

番頭が請け合っても、木三郎は得心していない様子である。

「なぜ安次郎は、そこまで決め付けができるのかね」

「そのことでございますが……」

言いかけた嘉兵衛が白龍を横目で見た。

「白龍さんに隠すことはない」

あるじに言われて、嘉兵衛は手にした半紙を開いた。なかから出てきた二枚の一分金が、庭越しの陽を受けて黄金色《こがね》に光っている。

「一乃さまの一分金は、量目が八分二厘《りん》（約三グラム）しかございません。御上《おかみ》が新しく造られたものは八分七厘四毛（約三・三グラム）で、見た目に変わりはございませんが……仔細《しさい》に吟味しますと、幾つか違いが見えてまいりました」

白龍から一分金を渡された木三郎は、すぐさま嘉兵衛に吟味させた。ゆえに詳しく金貨を見ていなかった。まだ歳若く、和泉屋から預かっている安次郎に贋金だと指摘された木三郎の内心は穏やかではなかった。

「まず、表《おもて》の文の字をご覧ください」

木三郎は庭からの光に金貨を当てた。一分金の右上隅《すみ》に草書体《そうしょたい》の文の字が見えた。

「ふたつを比べていただきますと、一乃さまの一分金は文の字の撥《は》ねの先が、途中で消えております」

「確かにそうだ」

「それに光次《みつつぐ》の文字と、後藤《ごとう》家の花押《かおう》の間が、一乃さまのものは開き過ぎております」

一匁もない金貨だが、彫りは精巧である。目元に近づけた木三郎は番頭の言い分にうなずいた。

「さらにいまひとつ、花押の盛り上がりに力強さがございません。母型の彫りが甘いか、打ち付けた力が足りなかったかのいずれかではないかと、安次郎は申しております」

草書体の文の字とは、文政一分金と、一世代前の元文一分金とを区別するための刻印文字である。

文政判は右上隅に草書体で文と刻印されていることから「草文一分《そうぶんいちぶ》」と呼ぶ。元文判は同じ位置に真体《しんたい》（楷書《かいしょ》）で文が刻印されており「真文一分《しんぶんいちぶ》」と呼ばれた。

光次とは、金座の当主後藤光次のことである。一分金の表は文が右上隅に打たれ、光次の文字と後藤家の花押とが中央に刻印されている。この意匠は元文一分金、文政一分金とも同じだ。

二枚をつぶさに見比べた木三郎は、深く沈んだ顔つきで嘉兵衛に戻した。

「えらいものを持ち込んでくれたものだ」

木三郎のため息が部屋の気配を重たくした。

「てまえどもでは、溶かして金銀を仕分けることはできません」

「いまさら言われなくとも分かっている」

　金貨銀貨を勝手に溶かすのは、きついご法度《はっと》である。言わずもがなを口にする番頭を、木三郎が険しい目で咎《とが》めた。

「見た目には御上のものとさほどの違いがないということは、金の量目もそれなりに含まれているかと存じます」

「それはそうだ。気にして見なければ、わたしでも気づかない」

「そのことでございますが」

　あるじが同意したのを見て、嘉兵衛の膝が前に出た。

「この一分金で出目《でめ》（差益）を稼ぐには、相当な数を造ることが入用と思われます。一体、だれがそんな手間なことを……」

　すぐには答えが思い浮かばないらしく、木三郎はまた腕組みをして黙り込んだ。


　同じ八ツ（午後二時）どき、一乃は重い足取りで野菜の納め先、山本町の千福《せんぷく》へと向かっていた。足取りが重たいのは野菜が少なく、並みの品しかなかったからだ。

「うちのもやっと起き出したんだけんどよう、まだ腰が痛《いて》えって、たけのこ掘るのがやっとだわさ。あしたはきちんと採るからよう、勘弁してくれや」

　時季遅れの人参《にんじん》と、旬の芹《せり》しか笊には入っていない。先々で一乃はあたまをさげた。

「おしまおばちゃんに怒られそうだね」

幹太郎のいうおしまとは、千福の仲居頭《なかいがしら》である。昨日の走りのたけのこを板場は喜んだが、あとでおしまに睨《にら》まれた。

「たけのこだけとは横着だよ。もう少し品数を増やさないと、お得意先をしくじるよ」

昨日は幹太郎がぺこんとあたまをさげたので、おしまもあとの言葉を呑み込んだ。おしまに睨まれると、千福の板場でも震えあがると言われている。

案の定、おしまは両目を吊り上げた。

「砂村の方は時化《しけ》でもきたのかい」

きつい顔のまま嫌味《いやみ》が次々にこぼれ出た。

「砂村の野菜がいいのは分かるけどねえ、あんたひとりが持ってくる数には限りがあるじゃないか……うちのような客商売だと、日によっては数が欲しいことだってあるのよ」

言い分の筋は通っている。一乃は背筋を伸ばして小言《こごと》を聞いた。

「あんたが女というだけで欲しい数も言わず、持ってくるものだけで我慢するわけにもいかないんだよ。その辺をきちんとしてくれないと、よそに頼むことになりかねないからね」

おしまは厳しい顔のまま板場から出て行った。言われたことは、一乃も気にしていたことである。

商いの心がけが甘かった……。

茂林寺に向かう一乃の足が、さらに重たくなっていた。

六

人参五本とわらで束ねた芹を幹太郎に持たせた一乃は、空《から》の笊と天秤棒を手にして茂林寺をおとずれた。

「きょうはお早いですね」

小僧が慌て気味だった。いつもは七ッ（午後四時）過ぎに顔を見せる一乃が、半刻も早く顔を出したからだろう。

「鉄ちゃんはまだ寺子屋ですか」

「墓地だとおもいますが」

茂林寺は鉄幹の菩提寺である。両親の墓もあり、墓地にいても不思議はない。小僧の慌てぶりが訝《いぶか》しかったが、一乃は気にもとめず、幹太郎を連れて寺の裏に向かった。

「お参りしていたら、そうっと近寄っておどろかせようか」

「とうちゃん、こわがりだからね」

笊と天秤棒をいつものように寺子屋の板戸に立てかけると、墓地の柵《さく》を入ったところから忍び足を始めた。楠《くすのき》の古木を左に曲がれば鉄幹の先祖代々の墓がある。一乃が先を行き、曲がり角から様子をうかがった。

線香の煙が立ち上る墓前に、鉄幹と、小紋柄《こもんがら》を着た女が並んでひざまずいている。一乃の動きが固まった。

「どうしたの」

忍び足で近寄ってきた幹太郎を、一乃は右手で押しとどめた。

「帰りましょう、幹太郎」

小声でささやくとこどもの手を強く握り、急ぎ足で墓地から離れた。立てかけておいた笊と天秤棒を手にしたあとは、口もきかずに冬木町へと帰り始めた。思い詰めた母親の顔に不安を感じたのか、幹太郎がうるさく話しかけた。が、一乃は黙ったままだ。

「かあちゃんったら……」

幹太郎が母親の手を思いっきり振ったとき、一乃の両目から涙がこぼれ落ちた。

「どうしたの……ねえ、どうしたんだよ」

幹太郎は何度も何度も問いかけた。

「なんでもないから」

一乃の脳裏からは、墓地で見た光景が離れなかった。鉄幹の身の上話は、所帯を構える前に洗いざらい聞かされている。しかし、いざ目《ま》の当たりにすると、息が詰まりそうなほどに哀しくなった。

鉄幹の生家は佐賀町代地の老舗《しにせ》料亭、桜川である。三本桜の花びらが座敷に舞い落ちる風流を、客は大いに好んだ。

それに加えて上方《かみがた》から招いた板長の料理と、川舟が着けられる地の利とが重なり、深川でも桜川の評判は図抜けて高かった。

鉄幹の本名は幹介《かんすけ》で、桜川の長男だ。妹がひとりいたが、店《たな》は鉄幹が継ぐことになっていた。

鉄幹が二十《はたち》を迎えた文化七（一八一〇）年の早春に、向島《むこうじま》の料亭の次女ゆきえと祝言《しゅうげん》を挙げた。鉄幹と釣り合う柄の大きな娘で、鉄幹の両親には心底から尽くし、妹ともうまく折り合えた嫁であった。

一年が過ぎた文化八年の春、妹の縁談がまとまった。その日は料亭を早仕舞にし、五ツ（午後八時）から内輪の祝宴を催した。

広間の上座に妹を座らせ、取り囲むように両親、鉄幹夫婦が並び、下座には仲居から板場までの奉公人が相伴衆《しょうばんしゅう》として連《つら》なった。

折悪《おりあ》しくこの日の鉄幹は朝から下し気味で、祝膳に座っても箸が付けられなかった。これが運命を分けることになった。

この夜の料理にはいけないものが混ざり込んでいたらしく、深夜から翌未明にかけて両親、妹、妻を含む十四人の死者を出す惨事を引き起こした。

役人はだれかが毒を盛ったのではないかと、生き残った者を厳しく詮議《せんぎ》した。江戸の瓦版《かわらばん》が大騒ぎをする出来事だったが、調べにあたった役人も定かなことは突き止められず、結局はその夜に出した料理の材料がわるかったということで落着した。

鉄幹にも板場にも格別の咎《とが》めはなかったものの、料理で死人を出した桜川には客が寄り付かなくなった。

桜川は借金もなく沽券状《こけんじょう》（権利書）もあったが、料亭の商いは到底無理である。なにより鉄幹が若過ぎた。

桜川の檀那寺《だんなでら》、茂林寺の住職円周に相談した上で、建物を壊して桜川を更地《さらち》に戻した。生まれ育った家屋を見続けることに、若い鉄幹は耐えられなかったのだ。

沽券状を寺に託し置いたあとで、円周が請け人となって八兵衛店に越した。

「本堂わきを使って、おまえが寺子屋を開いてみなさい。暮らしの費《つい》えぐらいは、更地の賃料で賄《まかな》えるじゃろう」

円周の計らいで、鉄幹は寺子屋を始めることができた。幹介を鉄幹と改名したのはこのときのことであり、円周の命名である。茂林寺の墓には、先祖に加えて、両親、妹、そしてわずか一年で死別した妻が納められている。

起きたことがことだけに、ゆきえの実家とも行き来が途絶えた。が、婿取りをして料亭を継いだゆきえの姉とだけは、細い付き合いが続いている。さきほど鉄幹のわきで墓参していたのが、その姉であったに違いない。

桜川の跡地は茂林寺が取り仕切っており、いまは冬木町の材木商が丸太置き場として使っている。

一乃はゆきえのことも、その姉の存在も鉄幹から聞かされていたが、姿を見たのは今日が初めてである。ふたりが並んだ墓前には、一乃が入れそうな隙間はなかった。

実家から勘当されて、こころが許せるのは鉄幹しかいない。しかしその鉄幹には、入って行けない大きな洞《うろ》があった。

木三郎が頑として認めない所帯だが、一乃は貧乏をなんら苦にせずに暮らしている。鉄幹の明るさと優しさがあったからだ。

ところが鉄幹は、一乃がともに担《にな》いたくても担えない重荷を、ゆきえの姉と分かち持っているように思えた。それが哀しくて、声もかけられずに引き返した。

危うげな一分金、千福できつく諭《さと》された商いの心構え、そして鉄幹が抱える深い洞……。

一乃のあたまの中で、これらのことが暴れ回っていた。

沈みかけの夕陽が、仙台堀の川面《かわも》を斑《まだら》に照らしている。冬木町につながる小橋のたもとで、一乃の足が止まった。笊と天秤棒が、足元の草むらにそうっと置かれた。

「かあちゃん……」

幹太郎が一乃の手を握ってきた。川面を見詰める一乃から、幾粒もの涙がこぼれている。

途方に暮れた幹太郎は声をかけることもできず、唇を噛《か》んで、握る手に力を込めた。

# 七

夕食は、暗くて弾まないものになった。菜《さい》を作る気力を失《な》くした一乃は、それでも芹の香りが立つ味噌汁だけは調《ととの》えた。あとのおかずは冬木町の煮豆屋ひしやから買った座禅豆《ざぜんまめ》だけである。ひしやの煮豆は甘味を奢《おご》っていることで評判だが、一乃が出来合いの惣菜《そうざい》を求めることは滅多《めった》にない。

「たまに煮売り屋のものを口にするのも、わるくはないよな」

黙ったままの一乃を引き立てようとして、鉄幹がこどもに話しかけた。幹太郎がこくっとうなずいたが、一乃は黙ったままだ。夕餉《ゆうげ》の膳が一向に明るくならない。

鉄幹と幹太郎が顔を見合わせたとき、戸口でガタリと音がした。

「ごめんください」

こどもなりに気配の重たさに戸惑っていた幹太郎が、明るく返事をして土間に下りた。心張り棒《しんばりぼう》をしていない宿の腰高障子戸は、こどもでもたやすく開けられる。

すっかり暮れたおもてには、羽織を着て大きな風呂敷を抱えたお店者《たなもの》が立っていた。

「一乃さまのお住まいはこちらだと、白龍さんにうかがいましたのですが」

こども相手でもていねいな言葉遣いを変えない声を耳にして、一乃が戸口に駆け下りた。

「やっぱり、嘉兵衛さん」

「一乃さま……」

五年ぶりの再会である。暗い土間で、互いにあとの言葉が出ないままに見詰めあった。

毎日担ぎ売りに出る一乃は、浅黒く日焼けしており、しかも股引姿である。

「一乃さまが股引を」

嘉兵衛からつぶやきがこぼれた。

「よくきてくれました。狭いけど、とにかく上がってください」

いましがたまでの屈託《くったく》が吹き飛んだのか、一乃の声に明るさが戻っている。

「鉄ちゃん、嘉兵衛さんがきてくれたの」

六畳間の鉄幹は、大慌てで三人の箱膳を板の間の隅に積み重ねた。

「幹太郎、瓦灯《がとう》を持ってきなさい」

父親に言いつけられた幹太郎は、台所の棚から灯《ひ》をともした瓦灯をすり足で運んだ。部屋の行灯《あんどん》に瓦灯の頼りない明かりが加わり、わずかに明るさが増した。

鉄幹、一乃とあらためてあいさつを終えた嘉兵衛は、遠慮がちな目であるじの娘の住まいを見回した。

土間から上がれば六畳間で、部屋はこれしかない。壁の上部には神棚が祭られており、その下には粗末な簞笥《たんす》が一棹《ひとさお》。あとの所帯道具は米びつ、重ねられた箱膳、文机《ふづくえ》、書見台ぐらいだ。

「ものは少ないけど、親子三人で楽しく暮らしていますから」

一乃が笑顔で話しかけた。

「御内儀様《ごないぎ》からお品物を言付《ことづ》かって参りました。どうぞお納めくださいい」

ほどかないままの風呂敷包み二つを、嘉兵衛が差し出した。

「遠慮なしにいただきます」

こだわりなく一乃が受け取ったことで、嘉兵衛の顔に安堵《あんど》の色が浮かんだ。包みの中身が知りたいらしく、幹太郎が落ち着かない。

「坊ちゃまのものも色々と入っていますが、今日の今日ですから、取り急ぎのものしかご用意できておりません。あとはまた、近々ということで」

そわそわと尻が落ち着かない幹太郎の足を、一乃が軽くつねった。

「かあちゃん、いたいって」

「嘉兵衛さんは、あのことでいらしたんでしょう……どうぞ聞かせてください」

一乃はこどもの声に取り合わず、一分金の次第を問いかけた。

「それでは早速に」

嘉兵衛が声をひそめて膝を寄せた。その様子を見て一乃が幹太郎に振り向いた。

「おまえはお加寿さんのところに行ってなさい。お話が済んだら呼びに行くから」

こどもながら尋常ではないことを感じ取ったらしく、幹太郎は素直に出て行った。

「嘉兵衛さん、お願いします」

昼間、あるじに聞かせた見立てを、嘉兵衛は鉄幹と一乃に話した。四月初旬とはいえ夜は花冷えが厳しい。話しながら嘉兵衛が上体を震わせた。

「ごめんなさい、うちは火鉢を仕舞ったもんだから……」

一乃が嘉兵衛の肩に掻巻《かいまき》を着せかけた。一度は遠慮したものの、寒さがつらい嘉兵衛は掻巻をまとったままで話を続けた。

「嘉兵衛さん、御上はこのさき何度もご改鋳をなさるつもりですか」

話を聞き終えたあと、鉄幹が問いかけた。

「それは見当もつきません」

嘉兵衛が答えに詰まった。

和泉屋のような本両替商であれば、金座の役人から耳打ちがあるかも知れない。しかし仮にあったとしても、そんな秘事《ひじ》を迂闊《うかつ》に漏らすはずがなかった。

「どうしてそんなことをきくの？」

一乃がいぶかしげに問うた。

「嘉兵衛さんの話から、幾つか思うことがあるからさ。ちょっといいですか」

ちょっといいですかは、鉄幹が思案を話すときの口ぐせである。

「先のご老中、松平信明《のぶあきら》様が亡くなられるとすぐさまご改鋳が始まり、新たな二分金判ができたとか」

「よくご存知で。真文二分と呼んでおりますが、二分金は初でございまして、二枚で小判一枚と同じ値打ちでございます」

「でも嘉兵衛さん、その二分金は中身の金が減ってるんじゃないですか。大店の番頭さんたちは、みんなそう言ってます」

「おっしゃる通りでございます」

嘉兵衛の表情が、両替屋の番頭のものに変わっていた。

「これらのご改鋳を進めておられるのが、いまのご老中水野忠成《みずのただあきら》様で、将軍様は水野様をもっとも篤《あつ》く信じておられるそうですが」

嘉兵衛は返事をしないまま鉄幹を見ている。一乃は鉄幹の物知りぶりに目を丸くした。

「水野様はこの先何度でもご改鋳を繰り返して、さらに将軍様のご機嫌を取り結ぼうとされるのではありませんか」

嘉兵衛はなにも言わないが、鉄幹を見詰める目の色で、その通りだと答えていた。

「町に新しいおカネが出回ると、慣れるまでにはそれなりのときが要《い》ります。贋金を造ろうとする者には、打ってつけの世の中だと思えてなりませんが」

鉄幹の見立てがひと区切りついたとき、音を立てて障子戸が開かれて、幹太郎が飛び込んできた。

「産み屋で寝ているおかねさんが、あんまりよくないんだって。かあちゃんの手があいたら来て欲しいっていわれた」

言い終えると産み屋に駆け戻って行った。

「鉄幹さん、いちど旦那様とお話をなさってください。このたびのことでは一乃さまに障《さわ》りが起きはしないかと、大変に案じておられます」

「そうでしょうね」

「一乃さまがお幸せそうなのと、鉄幹さんの人柄との両方を知ることができて、大きに安心いたしました」

嘉兵衛の目が鉄幹と一乃のふたりを見た。

「ぜひとも日本橋にお越しください。旦那様のことは、てまえが何とでもいたします」

人差し指で鼻の先をひと擦《こす》りさせた嘉兵衛は、畳にひたいを押し付けるほどにあたまをさげた。顔を上げたときには、まっすぐに一乃を見詰めた。

「あす、あさってのうちに、なにとぞお顔を見せてください」

一乃は返事のかわりに両手づきの深い辞儀を返した。

「それにしても鉄幹さんはまだお若いのに、世の中のことをよくご存知だ」

「お寺にはいろんなひとが来ますから、上つ方《うえがた》のことやおカネのことも耳に入ってきます。それに茂林寺の和尚《おしょう》は物知りですから」

得心した嘉兵衛が何度もうなずいた。

「仲町の角まで送らせてください」

見送りに出ようとする一乃を、番頭は手を振って押しとどめた。

「とんでもないことです……それより坊ちゃまが伝えてきた先に、早くお顔を出してあげてください」

「そうだ、お加寿さんところに」

土間に下りた嘉兵衛は、もう一度、一乃と鉄幹に笑顔を向けた。

「きっとお顔を出してくださいまし」

念押しをしてから長屋を出て行った。嘉兵衛が座っていた場所に、大きな風呂敷が二つ置かれている。

「とにかく、お加寿さんところへ顔を出してあげなさい。嘉兵衛さんから言われたことは、戻ってきたらの話だ」

「分かった」

返事をしながら一乃は鉄幹に抱きついた。

「鉄ちゃんて、ほんとうに凄いわ」

鉄幹の顔が戸惑っている。

「これからも、ずうっと一緒にいるって約束して」

「なんだ、いきなり……」

「いいから約束して」

「そんなことはあたりまえじゃないか。久しぶりに嘉兵衛さんに会えて気が昂《たかぶ》ったか」

いつも通りの物言いに戻った一乃に安心した鉄幹が、あたまを軽く叩いて送り出した。

産み屋に駆けつけると、おあきとお加寿がひたいを寄せて話し合っていた。

「おあきちゃん、まだ帰らなくていいの?」

「おにいちゃんがまだこないから」

おあきの声が曇っていた。さらに問いかけようとした一乃にお加寿が割って入り、この日のあらましを聞かせ始めた。

初産《ういざん》のおかねは、なんとか元気な女の子を出産した。しかし乳の出がわるく、赤ん坊に充分な乳が飲ませられなかった。

夕方、おあきが蛤《はまぐり》町の徳助《とくすけ》から山羊《やぎ》の乳を二合買ってきて飲ませたが、もう残りがほとんどなくなった。乳を欲しがる赤ん坊がぐずり、おかねも蒼《あお》い顔のままで起きていたが、なんとか赤ん坊が眠った。いまはおかねも寝息を立てている。

「産後の身体があんまりよくないことに重ねて、ご亭主が顔を出さないんだよ」

「それであたしに迎えに行けと?」

「そうじゃないの。分吉がここに来たら、おあきと一緒に島崎町の善助店まで行ってもらおうと思ってるのよ」

「分吉さんが一緒なら、堀端の暗い道でも安心よね」

おあきが一乃を見てうなずいた。

「ただねえ、おかねさんの話だと、ご亭主はきのうの夜から寄り合いに出たっきりでさ」

「ここにも顔を出してないんですか?」

「そうなのよ。四日分のおあしを持たせたことで、安心してほっつき歩いてるんだろうから、おあきと分吉は、善助店で夜明かしになるかも知れないのよ」

お加寿が心配げな顔でおあきを見た。

「そんなの、平気です」

答えるおあきの顔が元に戻っていた。

「眠くなったら、おにいちゃんと一緒に横になりますから」

おあきが明るい調子で話しているとき、道具箱を抱えた分吉が顔を出した。

「待たせたなあ、おあき。親方んところで、めしを食わせてもらってたもんだから」

分吉の顔を見て、おあきの顔が心底から弾《はじ》けた。お加寿も安堵したらしく、おあきに支《し》度《たく》を急がせた。

「ご亭主が戻ってきたら、夜中でも木戸番にわけを言って連れておいで」

「はい」

「今夜も戻ってこなかったとしても、明日は分吉が仕事に出るときには、こっちに戻ってきなさい」

夜道を出かける兄妹を、幹太郎が長屋の木戸まで送って行った。

「それでお加寿さん、わたしは何をすればいいんですか」

「黒船橋のたもとで山羊の乳を売ってる家だけど、蛤町の徳助さんを知ってるかい」

「幹太郎が小さいとき、あたしも買いに行きましたから」

「ならよかった。夜道ですまないけど、あと二合買ってきてもらえるかい?」

「おやすいご用です、それぐらい」

お加寿は小粒を二つと、二合徳利を一乃に手渡した。

「とうちゃんから提灯《ちょうちん》もらってくるから、おいらも行っていいよね」

木戸から戻っていた幹太郎が、一乃の返事もきかず宿へと駆け戻った。

風はないが、花冷えがさらにきつくなっている。徳利を提《さ》げた一乃は、作務衣《さむえ》の前をきつく合わせて産み屋を出た。

光の尾をひいて、東の空で星が流れた。

## 八

強《したた》かに股間《こかん》を蹴り上げられて気を失っていた庄次郎が、真っ暗な納屋《なや》で息を吹き返した。

鴨居《かもい》の掛行灯《かけあんどん》が、眇《すがめ》の男を浮かび上がらせている。

「おう庄の字、やっとお帰りかよ」

正気に戻った庄次郎が、男の声にびくっと身体を震わせた。この男から、きつい蹴りを食らったからだ。

「どうでえ、ちったあ物分かりがよくなったかよ。できりゃあおれも、あんまり力仕事はやりたかあねえ」

「もう勘弁してください……なんでも言われる通りにしますから」

庄次郎が怯《おび》え切っている。尻を土間につけたまま、あとずさりした。

「はなっからそう言やあいいんだ。この次に身体に訊《き》くときにゃあ、手加減はしねえぜ」

庄次郎の手を摑《つか》んで乱暴に立ち上がらせたあと、男は音を立てて納屋の戸を開けた。板戸でさえぎられていた夜気が、庄次郎にまとわりついた。

「いつまで震えてやがんでえ」

眇の男が庄次郎を引っ立てて行こうとしている先は、扇橋《おうぎばし》たもとの貸元《かしもと》、赤腹《あかはら》の寅吉《とらきち》の前、である。


この日の庄次郎は、朝方弾いた皮算用からことごとく見放された。

仲居頭から二十三人の客があると聞かされていた庄次郎は、初鰹でも引ければと勢い込んで河岸に向かった。ところが魚松は、小魚のアジひとつを取っても、いつもの魚勢《うおせい》の活きがなかった。

「これじゃあ取りようがねえ。もうちっと活きのいい魚《うお》はねえのかよ」

庄次郎が口を尖《とが》らせていると、魚松の親爺《おやじ》が仏頂面《ぶっちょうづら》で出てきた。

「気に入らねえなら、けえんなよ。こっちが頼んだわけじゃねえや、割戻し欲しさに、てめえから持ちかけてきた話じゃねえか」

庄次郎が魚松で粗塩《あらじお》を振り撒かれた話は、あっという間に魚河岸を駆け回った。よんどころなく魚勢に顔を出すと、仕入れは出来たものの、まともな口をきいてもらえなかった。

昨日仲町の角で出会った野菜の棒手振《ぼてふり》も、あれっきり顔を出さなかった。深川で得月と言えば、それなりの重みがあるのにだ。得月の名前を餌《えさ》に、ものにしてやろうと考えていた思惑が外れた。

極《きわ》めつきは夕方に起きた。

「目つきの妙な男が、庄さんをって玄関先にきてるけど、どうするの？」

仲居のおてるに言われた庄次郎は、男がだれだかすぐに分かった。賭場で眇の壮六《そうろく》と呼ばれている、右目が極端に寄った貸し金の取立人である。

「すぐに行くから、勝手口に回れとそう言ってくれ」

女将《おかみ》に知られることを恐れた庄次郎は、包丁仕事の途中で裏に急いだ。案の定、勝手口で待ち受けていたのは壮六だった。

「親分が用ありだと言ってるぜ。板場を仕舞ったら、かならずつらあ出しな」

引き締まった五尺四寸の身体に、唐桟《とうざん》の前を崩して着ている壮六には、有無《うむ》を言わせぬ怖さがあった。

気の急《せ》いた庄次郎は、六ッ（午後六時）過ぎにひと通りの料理を仕込み終えると包丁を置いた。客を残して花板が板場を離れるなど、許されるわけがない。

しかし源助不在で気がゆるんでいる煮方や焼方は、庄次郎から小粒を握らされたこともあって、おもねるような顔で送り出した。

「早かったじゃねえか。もっとこっちに寄んねえ」

長火鉢の向こうから寅吉が手招きした。四月の夜だというのに、火鉢にはたっぷりの熾《おき》火《び》が見える。身の丈が六尺（約百八十センチ）もあって、眉が薄く両目の窪《くぼ》んだ寅吉は、座ったままでも凄味《すごみ》があった。

寅吉は分厚くて赤黒い唇を、ほとんど動かさずにしゃべる。昨年暮れに髪を剃《そ》り落としてからは、一段とむごさが増したと手下連中は恐れていた。寄れと言われても、庄次郎の尻は上がらなかった。

「そこじゃあ話が遠過ぎるてえんだ。いいから寄ってこい」

後ろの壮六に、背中をぐいっと押された。

「おめえを見込んでの頼みがある。聞き入れてくれりゃあ、それなりのことをするぜ」

「そんな……あっしなんかに、親分の頼みごとをどうこうできるわけがありませんから」

聞くまでもなく危うさを感じた庄次郎は、懸命に話を聞くことを拒もうとした。

「聞きもしねえで、随分な言い草じゃねえか。できるできねえは、おれが決めるもんだと思ってたぜ」

寅吉の分厚い唇が歪《ゆが》んでいる。庄次郎は畳にひたいを擦《こす》りつけたが、返事はしなかった。

「おめえにあずける」

焦《じ》れた寅吉は、壮六を見ながら吐き捨てるように言った。

「裏の納屋で、庄次郎に付き合ってやれ」

「がってんで。四半刻のうちに戻りやす」

納屋に庄次郎を連れ込んだ壮六は、いきなりきんたまを絞《しぼ》り上げた。庄次郎が身体を折って息を詰まらせた。

「おめえにはでえじな用があるからよう、見た目で分からねえところを可愛がるぜ」

言い終わった壮六が手を放した。激痛がゆるんで、庄次郎が息を抜いた一瞬を狙い、壮六は右膝で股間を蹴り上げた。

言葉にならないうめき声をもらした庄次郎が、壮六の足元に崩れ落ちた。

さほどの間をおかずに正気に戻るように、手加減をした一撃である。いったん納屋を出た壮六は、掛行灯を手にして戻ってきた。庄次郎が正気に戻ったとき、自分の顔を見せてさらに怯えさせようとの魂胆《こんたん》からだ。

壮六の思惑通り、気がついた庄次郎は間近に壮六を見ると、なんでも言うことを聞きますからと震え上がった。


寅吉は長火鉢の前に座ったままだった。

「明日の五ッ（午後八時）までに、おめえんところの歳《とし》若い仲居をひとり、ここへ連れてこい」

「騙《だま》して……ですか」

「それはおめえの好きにしろ。手がいるなら、うちの若《わけ》えのを何人でも出すぜ」

「あっしには無理です」

「できるかどうかを訊いたんじゃねえ」

寅吉の唇がいやらしく膨れた。

「歳の若いおんなをひとり、明日の五ツまでに欲しいと言ったんだ。様子のいいおめえがひと声かけりゃあ、どうにでもなるだろうがよ」

「幾らなんでも……」

「幾らなんでも、どうしたてえんだ」

寅吉の窪《くぼ》んだ目が妖《あや》しく光り始めた。

このまま身体ひとつでふけるしかねえ。それも、一歩ここを出たらその足で。

庄次郎は胸のうちで逃げる算段を始めた。

「よしときな、堀に浮くぜ」

寅吉の声が一段と低くなっていた。

「おめえのかんげえなんざ、丸見えだてえんだ。言った通りに運んだら、両手に溢《あふ》れるぐれえの一分金をくれてやる」

寅吉が長火鉢の引出しを開いた。

「これが手付け代わりだ」

引出しから取り出した一分金を一枚、ぽいっと庄次郎に放り投げた。

「そいつあ持ってけえれ」

庄次郎はひとりで宿から出されたが、逃げるなど論外だった。

生き延びたい庄次郎は、だれを餌食《えじき》にしようかと、それぱかりを考えて歩いた。堀に架《か》かった福永橋を渡ったとき、提灯の明かりが向かってきた。

提灯のない庄次郎は闇《やみ》に溶けている。明かりの根元からは、男女の話し声が流れてくる。

左は堀だが右に小さな植え込みがあった。その陰に潜《ひそ》み、提灯が近づくのを待った。

「島崎町はこの辺りだぜ」

「善助店の突き当たりは堀になってるってお加寿さんが言ってたから、おにいちゃん、その辻を曲がってみましょう」

提灯は庄次郎の渡ってきた福永橋には行かず、左に折れた。

通り過ぎた明かりに一瞬だけ浮かんだ女が、庄次郎の目に残っている。忍び足で提灯のあとを追い始めた。


それから半刻《はんとき》（一時間）後、寅吉の前に庄次郎が座っていたが、怯えは消えていた。

「もう一回、おめえの話をなぞるから、違ってたらそう言いな」

「分かりました」

庄次郎の膝が前に迫《せ》り出した。

「歳のころ十七、八の女が、兄貴てぇ男とふたりで、島崎町の善助店にへえった。ふたりは障子戸に判清《はんせい》と描《か》かれている宿にへえり、だれかがけえるのを待ってる様子だと……こういうことだな」

「その通りで」

「そいつあ分かったが庄次郎、なんでそれがひとさらいと繋《つな》がるんでえ」

「ですから、いますぐその宿のあるじだという顔で行けば、相手も気を許すに決まってます。障子戸越しに聞いた話だと、ふたりとも宿主《やどぬし》の顔を知らねえ様子ですから」

「だったら、おめえがやりな」

勢い込む庄次郎を寅吉が突き放した。

「騒ぎも起こさねえで、どうやって裏店《うらだな》からかっさらうのかをおせえてくれ」

寅吉の目の光が強くなった。

「こっちが描いた絵図ならやりようもあるが、てめえの巻き添えは御免《ごめん》だ」

「…………」

「余計な知恵を回してねえで、明日の段取りをかんげえろ、この糞ったれ板公が」

凄まれた庄次郎は、転がるようにして得月に帰って行った。

長火鉢の前には壮六が座っていた。

「九ツ（午前零時）を回ったら、若えのふたりに、松前屋《まつまえや》からあずかってる大男を連れて、善助店に行ってこい」

「がってんで。それにしても親分」

「なんだ」

「清吉の野郎、どこかに隠してるのはまちげえねえんでさ。だれだか知りやせんが、あいつんとこで待ってるてえその若え女が、何か握ってやがるんじゃねえんですかい」

「そいつあ分からねえ」

「どっちにしても、庄次郎が唄《うた》った通りに若え女だとすりゃあ、それをいただきで約束の数は揃いやしたぜ」

壮六が笑いかけたが、どこを見ているかは定かではなかった。

「おめえのことだ、抜かりはねえだろうがきっちり見つけろよ」

寅吉の窪んだ目が強い光を帯びている。ほとんど動かない唇を、赤い舌が舐《な》めた。

「もうひとつ……さらった女に、大男が妙な気を起こさねえようにしっかり見張ってろ」

「わかりやした。一緒にいる兄貴てえやつはどうしやしょう」

「殺《あや》めるまでもねえ。おめえ得意のきんたま蹴りで眠らせろ」

寅吉から細かな指図を受けた壮六は、右目をさらに内に寄せながら賭場を出た。花冷えがゆるんだようだが、雨粒がぽつり、ぽつりと落ちてきていた。

## 九

夜遅くになって降り始めた雨は、夜半過ぎから本降りになった。

「戻ってきそうもないから、おにいちゃんは先に休んでて」

炭火を落とした部屋には火の気がなくなり、おあきが襟元をきつく合わせ直した。

「このままの降りが続いたら明日の仕事は休みかも知れねえが……先に横んなるぜ」

夜中の冷えは身体にわるいと分かっていても、他人の布団は気がひけるらしい。分吉は搔巻だけを羽織り、ごろりと横になった。

善助店の造りは、八兵衛店よりもさらに粗末だった。天井板がないのは同じだが、剝《む》き出しの小屋組がいかにも雑だ。行灯ひとつの薄明かりでも、屋根板の老朽《ぼろ》さが分かる。もう少し雨足が強くなれば、すぐにも漏れ落ちてきそうだった。

「おあきよう」

「おにいちゃん、まだ寝てないの?」

寝ずの番をする気のおあきは、行灯に油を注《つ》ぎ足していた。

「火消壺《ひけしつぼ》にへえってた本だが」

「それがどうかしたの」

「普通なら、あんなとこに仕舞うわけがねえ。あれはきっと隠してたんだぜ」

分吉が言っているのは、へっついわきの火消壺から出てきた綴《と》じ本のことである。清吉の宿に入るなり、ふたりは行灯に明かりを入れた。そのあと七輪《しちりん》で火をおこした。焚付《たきつ》けに使う消炭《けしずみ》を取り出そうとして火消壺をあけたときに、おあきが見つけた。

半紙を二つ折りにして右端を紙縒《こより》で綴じた本だが、手習いには通わずに職人となった分吉は字が読めなかった。

「おめえはお加寿さんから字を習ってんだろう」

明かりのそばで兄から受け取ったおあきは、ぱらぱらと本をめくり、首をかしげた。

「こんなに崩した文字だと、あたしも分からないわ。それに漢字はまだそんなに知らないから……おにいちゃん、元通りにしまっておきましょう」

「清吉さんが入れといたんだろけどよう、今夜も帰ってこなかったら、おかねさんに届けようぜ」

「勝手に持ち出したりしていいのかしら」

「ことによったら、清吉さんが出っ放《ぱな》しのわけが分かるかも知れねえ」

「それもそうね」

　おあきも兄の言い分に納得した。

　分吉はその本を自分の道具箱に仕舞い込んでいた。

「どうやら、雨はやみそうもねえな」

　眠りに落ちるまえの分吉が、ぼそりとつぶやいた。


　扇橋のわきから出てきた小舟が、小名木川《おなぎがわ》と仙台堀とを繋《つな》ぐ横川の水面《みなも》を、音も立てずに滑っていく。大男が奇妙な二本の櫂《かい》を操《あやつ》って、ひとりで舟を漕《こ》いでいる。

　大男を前後に挟むようにして、舳先《へさき》にひとり、艫《とも》にふたりの男が乗っていた。月星の明かりがない雨空である。黒装束《くろしょうぞく》の四人が、互いによく見えないほどの闇だった。

　大男は舳先に背を向けて、二本の櫂で小気味よく漕いでいる。舳先で川面を見張る壮六が進む先を艫に伝えると、目を凝らして壮六を見ていた男が身振りで大男に示した。

壮六がこの大男に引き合わされたのは、二日前（四月二日）の夕刻である。寅吉とおとずれた大島村の、松前屋平兵衛《へいべえ》の屋敷だった。

松前屋は屋号が示す通り、蝦夷松前藩の御用商人だったが、九年前の文化九（一八一二）年に、番頭弥五七《やごしち》とともに江戸に出てきた。赤腹の寅吉とは、その年の屋敷普請以来の付き合いである。

「舟を使えば、扇橋まで四半刻とはかからないでしょう」

寅吉と壮六とに、平兵衛はていねいながらも奉公人に指図するような調子で話した。

「親船の船漕ぎ人夫がうちで遊んでいますから、その男を貸します」

目で指図を受けた弥五七は、茶色の髪に蒼《あお》い眼をした六尺の大男を座敷に連れてきた。

寅吉、壮六ともに異人を見るのは初めてである。いつになく、寅吉の分厚い唇が半開きになった。

「ロシア人です」

驚き顔の寅吉と壮六を、平兵衛はおもしろがっていた。

「お願いした女は、この連中への貢《みつ》ぎ物です。揃えてもらうまで、あと二日ですぞ」

念押しをする平兵衛は、細くした一重《ひとえ》の目で寅吉を見据えた。

「その間、そちらにあずけておきましょう。言葉は通じないが、舟を漕がせると大した働きをします」

ふたたび目配せされた弥五七は、大男を連れて部屋を出た。ひとりで戻ってきたときには、二本の櫂を手にしていた。

細い丸木から削り出したような櫂は、握り部分から先に向かって太くなっている。先端は杓子《しゃくし》のように平べったい形をしていた。

「その二本を巧みに操り、あきれるほど速く漕ぐそうです……そうだろう、弥五七」

弥五七は二本の櫂を寅吉に手渡した。

「櫂を通した鉄の輪を、両舷《げん》に埋め込んで漕ぐんです。見てもらった通りの大男ですから、ひと漕ぎで五尋《ごひろ》（約九メートル）は走ります」

弥五七は、まるで自分が漕ぐかのように胸を反《そ》らせた。

が、まさにその通りに速かった。

雨粒が川面を打つ闇のなかを、弥五七が請け合ったよりも速く舟が走っていた。

「おいっ、右に寄せろ」

壮六の鋭い声で、舟が右に動いた。右舷は竪川端《たてかわ》の石垣である。川面から一丈《いちじょう》（約三メートル）高い石垣の上から聞こえるのは、地べたを打つ雨音だけだ。

人の気配がないことを確かめた壮六は、声の指図を始めた。

「橋をくぐったら、すぐに左に着けろ」

壮六の指図を、艫の男が忙《せわ》しない手振りで伝えている。舟が堀の左岸に横付けされた。

「けえりは小名木川を戻るのがはええが、こんな闇夜でもさらった女を乗せた舟は安心できねえ。遠回りでも堀割《ほりわり》伝いに大島村までけえるからよう。宣吉《せんきち》、しっかり露助《ろすけ》に分からせろ」

言い付けられた宣吉は、大男の腕に手をおき、舟を逆向きにさせた。

「壮六あにい、長屋にこの野郎を連れて行きやすかい」

「ばかやろう、間抜けなことを言うねえ」

壮六が宣吉のあたまを小突《こづ》いた。

「向こうには、女の兄貴てえやつがいるんだ。親分から始末するなといわれてるのに、露助のつらを見せられるかよ」

強い雨で、壮六たちの下帯（ふんどし）まで濡れてきた。動きを止めると雨の冷たさが染み透《とお》ってくる。壮六が先頭に立ち、宣吉と竹次《たけじ》があとを追って善助店の裏木戸へと駆け出した。

川淵の木戸は朽ち落ちそうに古く、内からの閂《かんぬき》すらかかっていない。雨で湿った木戸を開くと軋《きし》み音を立てたが、強い雨音に呑み込まれた。

「まだ明かりがついてやがる」

壮六がふたりを小声で呼び寄せた。

「宣吉は女を押さえろ」

「がってんだ」

髷《まげ》から雨粒を垂らしながら宣吉が請け合った。

「おれは兄貴てえのを眠らせる。竹次は家捜《やさが》しをしろ。居職《いじょく》の清吉がこんな狭い長屋で隠せる場所は、文机の周りか畳の下ぐれえだ」

押し込みの段取りを確かめ合った三人は、跳《は》ねをあげながら善助店に走り込んだ。

おあきは行灯のわきで居眠りをしていた。自分の宿でなら縫い物をしたり、片付けをしたりで暇も潰《つぶ》せたが、他人の部屋で何もせずに待つだけはつらかった。

昼間の疲れと、屋根を打つ一本調子の雨音とが居眠りを誘った。善助店で一軒だけ明かりの灯《とも》っている宿は、清吉がすぐに入れるように戸口の心張りをしていなかった。

竹次が音を立てずに戸を開き、壮六と宣吉が飛び込んだ。部屋の気配が揺れたことで、おあきが居眠りから醒《さ》めた。

その刹那《せつな》、宣吉から鳩尾《みぞおち》への当て身を受けて息を詰まらせた。宣吉は雨に濡れた手拭《てぬぐ》いで猿轡《さるぐつわ》をかませたあと、細紐で両手を後ろ手に縛《しば》り上げた。荒仕事に慣れた動きに無駄はなかった。

漆喰《しっくい》の修繕仕事で疲れ切っていた分吉は、押し込みにも気づかず眠りこけていた。分吉の背後に回った壮六は、手刀を首筋に打ち込んだ。

寅吉はきんたま絞《しぼ》りで眠らせろと言ったが、手刀で手早く分吉を失神させた。

宣吉、壮六とも段取りよくことを果たしたのに、竹次は焦《あせ》っていた。

「あにい、どこにも見つからねえ」

「畳を引っぺがせ。宣吉も手伝うんだ」

文机の置かれている畳には、おあきが転がされていた。となりの畳に移そうとして抱え上げたとき、おあきが呻《うめ》き声を漏らした。雨音は激しいが、薄い壁ひとつ隔てたとなりにまで聞こえそうな声である。

「女と土間に降りてろ」

畳は竹次と壮六とで持ち上げた。部屋にほこりが舞い上がり、かび臭さが広がった。

「暗くてよくめえねえが、なんにもありやせんぜ」

「野郎、どこに隠しやがったんでえ」

壮六が毒づいたとき、おあきがまた呻き声をあげた。

ゴトンッととなりから、身体が壁にぶつかる音が聞こえた。男三人が身構えた。

「ずらかるぜ。竹次、おめえは行灯を消してこい」

壮六と、おあきを抱えた宣吉が飛び出したあとで、竹次が行灯を吹き消した。部屋が闇に包み込まれた。

竹次の目は闇には慣れておらず、飛び降りた土間で足を滑らせた。それでも素早く立ち上がり、あとを追い始めたが土間にサイコロをこぼしたことには気づかなかった。

十

「なんで履《は》いちゃあいけないんだよ。おばあちゃんがおいらにくれたのに……」

ぐずる幹太郎のあたまに、屋根板に染み込んだ雨粒が落ちてきた。

「かあちゃん、雨が落ちてきた」

「だから言ってるでしょう。着物も下駄も、お天気になってからだって」

一乃がこれで三度、同じことを言い聞かせている。

「それに今日は菅笠《すげがさ》に蓑《みの》だもの、担ぎ売りに下駄なんか履きたくても履けないの」

同じやり取りを繰り返す母と子を、鉄幹は呆《あき》れながら見ていた。こどもが駄々《だだ》をこねるのは仕方がないが、何度でも正面から切り返す一乃がおかしかったのだ。

「かあちゃんのけちんぼ。新しい下駄が雨で汚れるのが惜しいんだから」

「そんなことをいうんだったら、おまえになんかなんにもあげない」

幹太郎が手にしていた上物《じょうもの》の塗り下駄を、一乃が素早く取り上げた。幹太郎の顔が少しずつゆがみ、やがて声を出して泣き始めた。

「まったく泣き虫なんだから。泣いたってあげないわよ」

お加寿が飛び込んできたのは、一乃がこどもを泣かせているさなかだった。

「一乃ちゃん、ちょっと一緒に来てちょうだい……鉄幹さんもお願いします」

髪が乱れて目が血走っている。いつもとはまるで異なるお加寿の様子を見て、幹太郎が泣きやんだ。

まだ六ツ半（午前七時）前の朝である。職人が多く暮らす八兵衛店はすでに目覚めていたが、朝の雨でだれもが仕事休みを決め込んでいた。

そんな長屋の路地を、番傘を持った鉄幹を真ん中に挟み、一乃、幹太郎の三人がひとかたまりになって産み屋へ急いだ。

幹太郎は泣き顔をとっくに忘れていた。先を行くお加寿は産み屋には戻らず、分吉の宿の障子戸を開けた。

お加寿に続いてなかに入った一乃が、分吉の姿を見て言葉を呑み込んだ。分吉自慢の髷が大きく乱れており、うつろな目をして板の間に座っていたからだ。

雨をたっぷり吸った股引《ももひき》が、べたっと分吉の肌に張りついていた。

「どうしたんだ、分吉」

驚いた鉄幹が、いつになく大声で問いかけた。聞こえているはずの分吉は、指先ひとつ動かさない。一乃と鉄幹が顔を見合わせた。

「幹太郎はおばちゃんところで待っててちょうだい。おかねさんが寝てるから、なにかあったら呼びにきて」

お加寿に言いつけられた幹太郎は、傘も持たずに駆けて行った。

「お加寿さん、何があったの?」

こどもが出るなり一乃が問いかけた。

「あれっ……おあきちゃんは?」

分吉の背筋がぴくりと動いたが、すぐにまた背を丸めた。

「あたしにも、わけが分からないのよ。ずぶ濡れの分吉が道具箱だけ抱えて、ひとりで戻ってきたんだけど、なにを訊いても、ひとっこともロをきかないのよ」

「へええ……そうなんだ……」

分吉に近寄った一乃は、左手で髷をぐいっと握り、右手で分吉のほほを張った。

「しっかりしなさい」

おかっぱ髪が揺れるほどの大声だった。

「おあきちゃんはどこなの。あんただけ帰ってきて、なにがあったのよ。しゃんとしなさい、ちんちんついているんでしょう」

「一乃、なんてことを言うんだ」

鉄幹が一乃の口を押さえようとしたが、分吉はこれで正気に返った。

「だれかに思いっ切り殴られたらしくて、朝んなるまで気い失ってたんだ」

言いながら分吉は首筋を撫でた。

「気がついて部屋を見回したら、畳が全部ひっくりけえされてやがって……どこにもおあきがいなかった」

「それって、おあきちゃんがさらわれたってことじゃないの」

詰め寄られた分吉が、力なくうなずいた。

「ここに戻ってくる前に、差配さんには届けてきたの?」

「してねえよ」

「どうしてなのよ、すぐに届けなくちゃあしょうがないでしょうに……そうでしょう、鉄ちゃん」

鉄幹は答えない。一乃が焦《じ》れた。

「どうして届けないのよ」

「一乃さんは、役人連中のいやらしさを知らねえからそう言うんだよ」

「どういうことなの。分かるように教えて」

「あいつらに話しても、まともには取り合わずに威張りくさるだけさ。ちゃんと動いてもらうには、とんでもねえゼニがいるよ」

「そんなこと、あるわけないでしょう」

実家に出入りしていた目明《めあか》しや役人しか知らない一乃には、分吉の言い分が呑み込めなかった。

「本多屋のような大店《おおだな》なら、あの連中だってきちんとやるだろうが」

鉄幹が「あの連中」と吐き捨てた。

「分吉もおれも、あいつらには散々な目にあわされてきた。おれだけが生き残ったのはおかしいと、二日の間、おれは下手人《げしゅにん》のように責められた」

当時を思い出したのか、鉄幹の両目が暗く燃えている。一乃は見るのがつらかった。

「やっとお咎《とが》めなしと決まった日に、鹿助《ろくすけ》親分がおれのところに寄ってきた」

「そのひと、目明しなの?」

鉄幹が苦々しそうにうなずいた。

「仲町で朱《あけ》ぶさという小料理屋をいまでもやっている。二十両出せば店が続けられるように手伝うが、いやなら何度でも番所に引っ張り込むと脅された」

「十手《じって》を持ってるのに、そんなひどいことをするの？」

「大店で育ったおまえが知らないだけだ。おれが桜川を更地にしたわけのひとつは、あの連中とかかわるのがいやだったからだ」

一乃には返す言葉がなかった。

「分ちゃん、鉄ちゃん……ごめんなさい」

詫《わ》びを口にする一乃の肩を、鉄幹がぽんと叩いた。

「おあきちゃんがさらわれたとしたら、おまえになにか思い当たる節でもあるのか」

「ねえよ、そんなもの」

分吉が気色《けしき》ばんだ。

「おれもおあきも、善助店は初めて行ったし、清吉なんてえひとは見たこともねえ」

「そりゃそうだよねえ」

お加寿がため息まじりにつぶやいた。

「いまから善助店に行こう。おまえはなにも手を触れずに戻ってきたんだろう？」

「もちろん……畳もそのままにしてある」

話しているうちに気力が戻ったらしく、分吉は股引を着替え始めた。鉄幹の目が一乃に戻った。

「おれと分吉が善助店を行き帰りする間に、おまえはお得意先に今日の野菜売りは休みだと、断りを言って回ったほうがいい」

「分かりました」

「茂林寺にも、今日の習いごとは休みにさせて欲しいと伝えてくれ」

一乃が返事をしているとき、産み屋から赤ん坊の大泣き声が聞こえてきた。

「あの子がおなかをすかしてる」

お加寿と一乃が産み屋に駆け戻った。畳の間では、困り果てた顔で幹太郎が赤子をあやしていた。

「あっ、おばちゃん……おいら、なんにもわるいことしてないよ。ほんとだよ」

幹太郎が、いまにも泣き出しそうだった。

鉄幹、分吉のふたりは一刻(二時間)近く過ぎたのちに、善助店から戻ってきた。一乃はすでに得意先と茂林寺を回り終えて、産み屋で待っていた。

「分吉、早くここに持ってこいよ」

鉄幹は横になっているおかねのそばに、分吉を呼び寄せた。

「おかねさんは文字が読めますか?」

おかねが力なく首を振った。昨夜から気を揉《も》むことが重なっているのか、乳の出がひどくわるくなっていた。

「あともうひとつ、これは大事なことだからしっかりと答えてください」

病人のようなおかねを見つつも、鉄幹は顔を引き締めて問いを重ねた。

「産み屋にくる前に、火消壺を使ったのはいつだったかを思い出してください」

「宿を出る少し前です」

「間違いないですか」

「七輪でお湯を沸かしたあと、火の始末をしてからここにきましたから」

鉄幹の問いかけが不安を呼び起こしたらしく、おかねがさらに蒼ざめた。

「おかねさんはこの本を知ってますか」

「うちのひとが、いつも文机で書いてたものですけど」

「清吉さんのものに間違いないんですね」

蒼い顔のままだが、おかねはしっかりとうなずいた。

「あたしが宿を出るときには見た覚えがないんですが、どこにあったんですか。うちのひとは、いつも風呂敷に包んで持ち歩いていたと思うんですが」

手にした本を、鉄幹はぱらぱらとめくった。二つ折りの半紙が全部で十枚綴じられており、表紙の裏から草書の文字が続いている。

「おれにもこの字は読めないけど、お加寿さんは？」

問われたお加寿は、右手を振って読めないと答えた。

「鉄ちゃん、昨夜《ゆうべ》の嘉兵衛さんなら読めると思うわ。おとっつあんも字は得意だから、本多屋に行けば分かるわよ」

「……行ったほうが早そうだ」

こう言ったあとで鉄幹は、もう一度おかねに目を戻した。

「清吉さんは博打《ばくち》をやりますか」

「どうしてそんなことを？」

鉄幹は小さなサイコロを取り出した。

「これが土間に転がってたんです。見たことはないですか」

おかねは手に取ろうともせず首を強く振ったので、高枕がカタカタと音を立てた。

「色々と気が揉《も》めるでしょうが、分吉も妹がさらわれています。もう少しだけ、問いに答えてくれますね」

はい、と答えておかねが身体を起こそうとした。お加寿と一乃が慌ててやめさせた。

「お加寿さんから聞いたんですが、清吉さんは四日分のおあしを置いて行ったんですか」

「はい」

「四日分なら八百文です。立ち入ったことをききますが、清吉さんはよほどに稼ぎがいいんですね」

「そんなわけではありませんが、去年の秋からは大きなお得意先ができたらしく、毎日外に出かけて仕事をするようになりました」

「そのお得意先の払いがいいんですね」

「そうです。新しい一分金で払ってもらえるんだと、大喜びしていました」

「一分金ですって？」

鉄幹と一乃の声が重なった。

「そのおあしならあたしが持ってるけど、一乃ちゃん、なにかわけでもあるの」

「お加寿さん、早く見せて」

急《せ》かされたお加寿は、わけが分からない顔つきで一分金を出してきた。受け取った一乃の目の色が違っていた。

「鉄ちゃん、すぐうちに行きましょう」

「おいらも連れてって」

赤ん坊をみていた幹太郎が素早く立ち上がり、一乃のそばに寄ってきた。

「分吉、気が急くのは分かるが、おれたちが日本橋から戻ってくるまでは動くなよ」

「分かったけど、その一分金になにかわけがあるんですか」

「それを確かめに行ってくる」

鉄幹がお加寿と向き合った。

「おあきちゃんがさらわれたのも、清吉さんが戻ってこないのも、この本と一分金のことが分かれば、少しは目鼻がつくと思います」

「よくないことが起きているの？」

「そうじゃなければいいんですが……できるだけ早く戻ってきますから、長屋の他のひとには気づかれないようにしてください」

「任せといてちょうだい。はっきりするまでは、産み屋は休みにするから」

外に出ると雨はすっかり上がっていた。路地のぬかるみを、雲間から顔を出した陽が乾かし始めている。

「雨が上がったから、もらった下駄を履いてもいいよね、ねっ？」

思案顔の両親のわきで、幹太郎ひとりがはしゃいでいた。

十一

九百坪の真四角な敷地を、松と杉が取り囲んでいる。昨夜からの雨が上がり、やわらかな陽が差し始めた。たっぷり雨粒を含んだ松葉が、風の加減で時折りきらきらっと照り返って見えた。

「もう少し使える男かと思っていたが、所詮《しょせん》、渡世人はあの程度のものか」

「荒事《あらごと》の首尾は大したものでございますが、知恵や小技《こわざ》はいまひとつだと、昨夜のことでよく分かりました」

平兵衛と弥五七が小声で話し合っていた。

一枚だけ開かれた障子のさきに、築山《つきやま》を構えた庭が広がっている。三つの池には、いずれも小名木川の流れが引き込まれており、もっとも大きな泉水には太鼓橋まで架かっていた。

川の水が池から溢れ出ると、庭に造られた小川伝いに小名木川へと戻される。松前屋平兵衛は、松前城下に見立てた庭を造り上げていた。

「清吉なる男が、そんなものを隠していたかどうかも、実際のところは分かっていないだろう。どうだ、弥五七？」

「万にひとつ、まことであったとしましても、清吉が繋がっているのは扇橋までです」

髪と眉毛が黒々とした毛深い弥五七が、おのれに言い聞かせるような口調で話している。

「ここに連れてきたのはおとといが初めてですから、大島村への手掛かりが残っている気遣いは無用です。いずれにしましても……」

「なんだ」

「明日の夜には親船に連れ込みます」

「…………」

「用済みとなれば、この屋敷普請にかかわった職人と同じように始末をいたします」

平兵衛がうなずいて密談が終わった。座を立った平兵衛は、開いたままの障子のわきで腕組みをした。

座敷からは広い庭が見渡せた。

一枚だけ障子を開いているのは、近くに潜んだりする者を防ぐためである。平兵衛が暮らす母屋は、小名木川にもっとも近い場所に、他の棟《むね》からは離して建てられていた。もはや寅吉も用済みか。

寅吉との出会いを振り返る平兵衛の耳には、庭を流れる小川の音も届いていなかった。

松前屋が大島村に移り来たのは文化九（一八一二）年、いまから九年前のことである。

この土地を手当てするにおいては、買主が松前屋であることを伏せて弥五七が動いた。

小名木川に面した、周りに人家のない広い角地。これが平兵衛が求めた物件である。

ことがことだけに、弥五七は周旋屋を通さずにおのれの目と足とで土地を探した。

求めていた通りのものが、大島村の畑地で見つかった。弥五七は髷を周旋屋の手代《てだい》風に結《ゆ》ったうえで、村の名主をたずねた。

「あるお大尽《だいじん》が、寮（別荘）を構えたくて土地を探しております」

江戸の町中から商人がおとずれることなど、滅多にない村である。名主は弥五七が差し出した塩瀬まんじゅうの包みから、目が離れなかった。

「まことにご無礼とは存じますが、口利きをいただければ、まとまりました折りには買主から二十両の礼金を払わせていただきます」

野菜畑からの実入りしかない名主には、二十両は願ってもない大金である。弥五七が見当をつけておいた地主との掛け合いには、その日のうちに名主が動いた。

「おめえんとこの畑を三反《さんたん》（九百坪）ばっか、ええゼニで買いてえちゅうのがおる。どうじゃ、売ってみねか」

「そんぐらい売ってもどうっちゅうこたあねえが、ゼニ次第だなあ」

「おめえ、腰抜かすぞ」

「なんぼ名主さんの話でも、腰抜かすことはねえべさ」

「一反百両って聞いてもか？」

買値を聞いた地主は、手に持っていたキセルをぽとりと落とした。二町歩《ちょうぶ》（六千坪）もの畑地持ちだが、そこからの実入りはせいぜい年に三十両である。三反売れば十年分のカネが手に入ると分かり、地主は思案するまでもなく話を呑んだ。

売買の場では、弥五七は二十五両包を十二個積み重ねて見せつけた。

「わけがありまして買主は顔を出しません。そちらから受取さえもらえれば、面倒なやり取りは一切なしということで……」

かな文字しか読み書きできない地主には、厄介《やっかい》な文書のやり取りがないのは何よりありがたかった。半紙一杯に名目書きと署名をかな書きし、爪印《つめいん》を押した受取と引き換えに三百両が支払われて片がついた。

土地を手に入れた平兵衛は、普請に先立って深川、木場界隈《かいわい》の賭場回りを始めた。四つの賭場で旦那風の鷹揚《おうよう》な賭けを続けつつ、扇橋の寅吉に目をつけた。

文化九年の夏のことである。

「親分、折り入っての話がしてえとの客が、賭場で待ってやすが」

「どんな客だ」

「半月ほどめえに、大島の徳右衛門《とくえもん》てえ名主が連れてきやしたんで」

「きっちり遊んだのか」

「四晩ばかり、きれえな負け方でけえりやした。詳しい素性《すじよう》は分かっておりやせんが、どこぞの大店の旦那みてえな客でやす」

「大店のあるじが、どうして大島村の名主なんぞの顔つなぎで遊びを始めたんだ」

寅吉に問われた代貸《だいがし》は返事に詰まった。

「化けた役人が、探りにきているわけじゃねえだろうな」

「あっしの首にかけて、それはありやせん」

代貸の面子《メンツ》を立てて寅吉は会うことにした。寅吉の前にあらわれた客は、あいさつがわりだと言って、切り餅《もち》（二十五両包）をひとつ差し出した。

「どんなわけだか知らねえが、あいさつにしては気が利き過ぎてやすぜ」

寅吉は客が話に入る前に壮六を呼び入れて、部屋の隅に座らせていた。

客は寅吉同様の偉丈夫だった。

背丈は五尺八寸（約百七十四センチ）ほどで寅吉よりも痩《や》せて見えるが、体毛の濃さが目を引いた。太筆で描いたような純黒の眉で、手の甲もびっしり毛におおわれている。

「松前屋平兵衛です」

窪み気味の両目には強い光があり、あいさつをしながらも寅吉を正面から見ていた。

「折り入っての相談ごとがあるそうだが、話は壮六と一緒に聞かせてもれえやしょう」

寅吉は相手の目を受け止めながら、とりあえずはていねいな口調で応じた。

「親分ところは若い衆が十五人で、そちらの壮六さんは、取り立てをじつに手際よく片付けておいでのようだ」

客が口にしたことを聞いて、寅吉の目の光が強くなった。

「親分にお目通りいただく前に、幾つか調べさせてもらいました」

「ご念の入ったことだ」

寅吉が相手を突き放すような答え方をした。平兵衛は寅吉を見る目元をゆるめた。

「大島村の川端に、寮を普請したくてうかがいました」

「渡世人に聞かせる話とも思えやせんぜ」

「承知のうえです。すべての手配りをお願いできればありがたいのだが」

寅吉を見る平兵衛の目が、謎《なぞ》かけをしている。黙って見返していた寅吉だったが、小さな息を吐き出してから座り直した。

「聞いたあとで断れねえような、途方もねえ普請を考えていなさるようだ」

「見込んだ通りの親分さんだ」

平兵衛が小さくうなずいたあとは、ふたりがまた黙り込んだ。が、睨《にら》み合う目でやり取りを交わしている。隅に座っている壮六は、張り詰めた気配に尻が落ち着かないようだった。

「ひとりで掛け合いに来た度胸は買うが、いつまでも相手の調子に合わせるのはおれの性《しょう》には合わねえ」

分厚い唇をわずかに動かした寅吉が、肚《はら》の底から声を出した。
「吹かしのねえ正味の話をしてくれりゃあ、頼みごとも聞きやすい」
平兵衛がにやりとしながら背筋を伸ばした。
「もっともな言い分です。いささか長い話をすることになるが、よろしいか」
「好きなだけやってくだせえ。こっちも肚をくって聞きやしょう」
それでは……と、もう一度座り直してから平兵衛が口を開いた。

文化四（一八〇七）年、幕府は蝦夷地《えぞち》をすべて直轄地《ちょっかつち》とし、松前藩を陸奥《むつ》国、常陸《ひたち》国に移封《いほう》した。この年からさらに五年前の享和《きょうわ》二（一八〇二）年に、幕府が東蝦夷地の永久直轄を宣したのが国替えの布石であった。

表向きの理由は、ロシアなどの外敵に対する北方防備強化のための直轄、であった。が、実のところは松前藩をなんとしても国替えさせたかったのだ。

理由は幾つもあった。

ロシアとの抜荷《ぬけに》（密貿易）がひとつである。松前藩は択捉《えとろふ》・国後《くなしり》の島民から、宝暦《ほうれき》九（一七五九）年にはすでにロシア人の存在を知らされていた。しかし幕府には秘密にし、安永《あんえい》七（一七七八）年にロシア人が交易を求めてきたことをも公儀には隠した。

幕府も手をこまぬいていたわけではない。天明五（一七八五）年から寛政十（一七九八）年までの間に、十回の蝦夷地調査団を送り出していた。その調査報告が基となって国替えが断行された。

松前屋平兵衛は、藩御用商人のなかで資力、才覚ともに抜きん出ていた。番頭の弥五七は択捉育ちである。島で習得したロシア語は、彼ら相手の交易には欠かせなかった。

弥五七の語学知識と、平兵衛の豪胆かつ緻密《ちみつ》な才覚とが合わさったことで、ロシア交易のほとんどを松前屋がひとりじめしていた。

国替えが動かぬものとなったとき、松前屋はロシア人にわけを話し、常陸国鹿島《かしま》の沖合いまでの南下を持ちかけた。ロシアの大型船であれば、公儀の監視を逃れることなどわけもない。幕府直轄となって抜荷の旨味《うまみ》が消えそうだと分かったロシア商人は、二つ返事で受け入れた。

平兵衛は藩と共に常陸国鹿島に移ったものの、辺境の漁村では地の利がわるすぎた。藩の重役に五百両のまいないを渡して江戸移住を取り付けた平兵衛は、水路に恵まれた小名木川沿いの大島村に目をつけたのだ。


長い話を終えた平兵衛は、出された茶に口をつけた。

松前屋の話が抜荷云々《うんぬん》にまで及んだとき、寅吉はいささか肝に応えたようだった。ことが露見すれば首が飛ぶからだ。

さりとて腰がひける寅吉ではなかった。平兵衛もそれを見抜いたがゆえに、話を聞かせていた。

「普請は二段構えになるでしょう」

「二段構えとは、よく分からねえが」

「始まりのところでは、差し障《さわ》りのない母屋と納屋を造ります。ここまでの職人は、腕さえよければだれでも構いません」

「そのあとに、からくりがあるてえことか」

「お察しの通りだ」

出来のよいこどもを誉《ほ》めるような口調である。寅吉の口元がゆがんだ。

「この図面を見ていただきたい」

平兵衛は知らぬ顔で、四つ折りにした図面をふところから取り出した。自分で描いたもので筆遣いは素人《しろうと》くさいが、伝えたいことは漏らさずに描かれていた。

「母屋の裏に幅四間《けん》（七メートル強）、深さ二尋《ひろ》半（四メートル半）の堀を造ります。これで小名木川からじかに船を引き込みたい」

「中川船番所の役人が飛んでくるぜ」

「承知のうえです。川と屋敷との境には塀に似せた水門を設けて、外からは見分けがつかない工夫をしますから」

「そんな途方もねえからくりは、聞いたことがねえ」

寅吉の分厚い唇がいつになく激しく動いた。

「それゆえ親分にお願いしている次第です。請け負ってもらう入費は、そちらの言い値で結構です」

　仕掛けの大きさに寅吉はしばらく返事をしなかった。平兵衛はせっつくでもなく、静かに寅吉を見詰め続けた。

　胸算用がついたらしく、寅吉の目に強い光が戻った。

「穴掘人足は口のかてえのを集めることはできる」

「………」

「水門造りの職人集めは骨が折れるだろうよ。いつまでに仕上げる算段で？」

「一年先の文化十年の夏、遅くとも秋の中ごろには仕上げてもらいたい」

「返事を二日待ってもらおう」

「それは構いませんが、後戻りをなさることはないでしょうな」

　平兵衛は眉を動かして念押しをした。

　寅吉は約定《やくじょう》の二日後には、あらかたの段取りを組み終えた。それを聞かされた平兵衛も得心して仕掛けが動き始め、秋には敷地を取り囲む塀造りに取りかかっていた。

「庭造りの職人を入れて、築山《つきやま》と泉水を造りましょうや。池の水を川から引っ張る造りにしときゃあ、水門造りにも役に立ちますぜ」

「妙案ですな。ならばいっそのこと庭一杯に小川を掘り、池から溢れ出た水を小名木川に戻しましょう。池には橋も架けたい」

　翌年春には、堀造作を除いた屋敷普請が仕上がった。真四角な敷地の周りは、高さ一丈《じょう》（約三メートル）の塀で囲われている。さらに松と杉の古木が植え込まれて、外からの目をさえぎっていた。

小名木川から屋敷内に船を引き込むからくり造作は、上州から職人を都合した。寅吉の女房おりんの実兄銅八郎《どうはちろう》が、高崎宿で普請職人の口入れ稼業《かぎょう》を営んでいたからだ。

「手間賃をはずめば、口の縫い合わせができる職人が欲しい」

「どんな職人がいるだね」

「左官に鳶《とび》、大工に鍛冶屋《かじや》だが、みんなひっくるめて二十人てえ数がいる」

寅吉の稼業を知り尽くしている銅八郎は、すぐには返事をしなかった。

二日過ぎたところで、寅吉が辛抱《しんぼう》できなくなって詰め寄った。

「せっつくようだが、いい加減で見込みを聞かしてもらいてえ」

「おめえの指し値だと野良仕事の日雇いぐれえだ、話になんね」

金壺眼《かなつぼまなこ》で鼻の真ん中に大きな黒子《ほくろ》のある銅八郎は、タヌキそっくりである。見た目には間抜け面《づら》だが、寅吉に負けないむごさを隠し持っていた。

「幾らなら手当てがつくんでえ」

「ひとり五十両だ、びた一文まかんね」

「正気かね。指し値の十倍じゃねえか」

「いやならけえれ」

銅八郎が吐き捨てた。

「江戸からわざわざご苦労なこったが、ゼニがねえならしゃんめえって」

銅八郎はそっぽを向いて煙草を吹かし始めた。平兵衛との約定期日に仕上げないと、寅吉は抜き差しならない厄介事を抱え込んでしまう。

裏のある普請に使える職人を誂《あつら》える伝手《つて》のない寅吉は、業腹《ごうはら》でも呑むしかなかった。

「赤腹の……五十両には、口ふさいでろって因果も込みだ。ちっとでも漏れたら、始末はおれが請け合うだ」

「その言い分を、しっかり聞いたぜ」

凄味を利かせて話を閉じようとした。

「なんだ、その言い草は」

タヌキが口を尖《とが》らせると、イタチのような顔つきに変わった。

「おらの言うことに文句あるってか」

「しっかり聞いたと、そう言ったんだ」

「なにがしっかりだ、江戸もんだからって威張るでねえ」

ますます銅八郎の顔が険を帯びてきた。

「おりんの亭主だから聞いてやったが、おめの言い草が気に入らね。普請が終わるまでおらが付きっ切りで、あと百両だ。いやならけえれ」

散々に吹っかけられたが、銅八郎は大口を叩いただけの役は果たした。

引き連れてきた職人はだれもが余計な問いかけをせず、黙々と普請を続けた。月に二度、寅吉は扇橋の宿に夜鷹《よたか》を集めて、職人たちに安いカネであてがった。

「親分は、なんで野郎どもから掠《かす》め取らねえんで。うちの盆で遊ばせりゃあ、わけなくゼニを巻き上げやすぜ」

「間抜けなことを言うんじゃねえ」

壮六をにべもなく撥《は》ねつけた。

「いま職人からゼニを取り上げたら、すぐにも不貞寝《ふてね》が始まるに決まってる。ふんだくる相手は職人じゃねえ」

屋敷内に構えた小屋で寝起きする職人は、めしも酒も充分に与えられた。その上、月に二度は涙銭でおんなが抱けるのだ。普請は天気にも恵まれて、寅吉の思惑通りに運んだ。

ところが仕上げの追い込みに差しかかった九月に入ったところで、左官のひとりが利き腕に大怪我《おおけが》をした。

「このどん詰まりにきて、高崎から職人を呼んでたんじゃ間に合わね。すまねえが赤腹の、おめが何とか都合してくれ」

銅八郎から泣きを入れられた寅吉は、扇橋に取って返すと代貸の半蔵《はんぞう》を呼びつけた。

「賭場に弱みのある左官はいねえか」

「佐賀町の昌吉《しょうきち》てえのがいやす。職人を三人抱えた小さな所帯でやすが、なにか?」

「滞《た》めてるか」

「てえした借金じゃありやせん。二両に欠けるぐれえのもんで」

ろと脅かした。

「すぐに昌吉を呼びつけろ」

「がってんで」

「壮六も呼んでおけ」

その日のうちに昌吉を呼びつけた寅吉は、借金棒引きと引き換えに左官をひとり都合し
ろと脅かした。

「どんな仕事か、余計な気を回さねえことがでえじだぜ」

昌吉が回したのが、分吉の父親九造だった。昌吉には何日かかるか分からない泊まり込
みの請け負いだと言われたが、三日で帰された。

「あれじゃあ、とっても使えね」

銅八郎が追い返したのだ。助《すけ》っ人《と》の取り込みに不安のあった寅吉にも異存はなかった。

文化十年九月下旬に、すべての普請が仕上がった。

「水門も思案した通りに動いてくれる。寅吉さんの差配は大したものだ」

「職人の手間賃から一切合財《いっさいがっさい》込みで、六千三百両で手を打ちやしょう」

入費には糸目をつけないと言ってきた平兵衛だったが、さすがに目元がゆがんでいた。

引き渡されたその夜から、小名木川に面したからくり塀が開かれ始めた。

「江戸の暮らしにも飽《あ》きがきました」

平兵衛がふらりと扇橋に顔を出したのは屋敷普請から七年後、文政三（一八二〇）年の

晩夏の夕方である。改鋳された草文一分金が、ようやく市中に出回り始めたころだった。

寅吉の賭場が賑《にぎ》わうのは日もとっぷりと暮れた五ッ（午後八時）からである。玄関で張り番をしていた若い者は、もちろん平兵衛と弥五七を見知っていた。

しかし平兵衛の背には強い西陽があり、それでなくても毛深い男ふたりが、このときは熊のように見えたらしい。びくっと目を丸くして立ち上がった張り番は、廊下を駆けて寅吉につないだ。

「あたしも歳《とし》です。身体が言うことをきくうちに、上方《かみがた》巡りでもしようと思いましてね」

平兵衛のあいさつが終わるのに合わせて、弥五七が笊《ざる》一杯のすすきを寅吉に差し出した。十本ずつ束ねられたすすきが十束。笊のなかで山を築いていた。

「月見が過ぎたあとのすすきですかい」

寅吉は気の乗らない声を出した。

「親分と最後の大仕事をやろうかと思いましてね。すすきが気に入ったら、大島に顔をお見せなさい。江戸を発《た》つ前に、あたしは根こそぎ、すすきを刈り取る気でいる」

意味ありげな物言いを残して、平兵衛は帰って行った。

「笊のすすきをどけてみろ」

壮六がすすきを取り除いたら、笊には一分金が何百枚と敷き詰められていた。

「あの田舎ダヌキがやることは、そんなところだろう。数えてみねえ」

「へい」

千枚の一分金が敷かれていた。小判にして二百五十両である。

「食えねえタヌキだぜ」

親しみのかけらも感じられない口調である。屋敷の普請以来、幾つもの儲《もう》け仕事を平兵衛と組んだ。が、寅吉は爪の先ほども気を許していなかった。

儲けの分け前は五分に割ったが、命のやり取り仕事は、すべて寅吉に回された。

「間違いが起きたら、親分もただでは済みませんよ」

生き死に瀬戸際の仕事を押しつけながら、平兵衛は脅しを口にした。それも毎度である。

足掛け九年の付き合いでも、寅吉が気を許すはずもなかった。

「どうしやす、このカネは」

「しっかり算盤《そろばん》を弾《はじ》いて持ち込んできたんだろう。賭場でばらまいていいぜ」

面倒くさそうに吐き捨てた寅吉は、翌日壮六と連れ立って大島に顔を出した。

「どうやら気に入っていただけたようだ」

初手《しょて》から平兵衛は決めつけてきた。

「不見転《みずてん》でことを決めるほど耄碌《もうろく》するのは、もっと先にしときてえ」

寅吉のとげがいつも以上にきつい。平兵衛が笑いを引っ込めた。

「最後の大仕事だてえんなら、今度ばかりは、話を聞いてからやるやらねえを決めるぜ」

あたまと眉とに剃刀《かみそり》を当てて出向いてきた寅吉は、異形《いぎょう》がいつも以上に際立って見えた。

一枚開かれた障子の先に、まろやかな秋の陽があふれている。寅吉は庭からの光を背に受けて座っていた。

「それは断る」

平兵衛の答え方に揺るぎはなかった。

「わたしは形にこだわるんだ、寅吉さん。聞いたあとでは受けてもらいます。それがいやなら、ご縁がなかったということだ」

背中越しの光で寅吉の表情が見えにくいが、平兵衛はいつも通りの目で見詰めていた。

寅吉からは、陽の当たっている平兵衛の顔がよく見えた。睨み合いではだれにも引けを取らないできた寅吉だが、今日の平兵衛には尋常ではない凄味を感じていた。

ものが憑《と》りついたような目だぜ。

寅吉の眼光にわずかな揺らぎが生じた。平兵衛は見逃さなかった。


「旦那様……旦那様……」

弥五七が案じ顔で平兵衛に声をかけている。

「なんだ」

「大丈夫でございますか」

「なぜそんなことを」

「遠くを見詰められたまま、ぼんやりしておいででしたから」

昔の思い返しを胸に仕舞い込んだ平兵衛は、ふたたび弥五七の前に座った。高い空から、ひばりの鳴き声が降ってきた。

## 十二

鉄幹一家が永代橋を渡るころには、すっかり空も晴れ上がっていた。

「こんな大きな橋が落っこちたなんて、いまでも本当のこととは思えないわよね」

橋のなかほどに差しかかったとき、一乃が小声でつぶやいた。左手から、丸太を組んだ長い筏《いかだ》が四人の川並《かわなみ》（筏乗り）の棹《さお》さばきで大川を上ってきた。川面の細波《さざなみ》が陽光に照り返り、川並が影絵のように浮かび上がった。

永代橋は十四年前の文化四（一八〇七）年、深川富岡八幡宮祭礼に大群集が押しかけたことで崩落した。松前藩が国替えされた年でもあった。

一乃たちが渡っている永代橋は、文化六年に架け直された橋である。すでに十二年を経ている橋板に幹太郎の塗り下駄がぶつかり、カタカタと小気味よい音を立てた。

「よほどに下駄が嬉《うれ》しいみたいだなあ」

先を駆ける幹太郎を眩《まぶ》しそうに見ている鉄幹の口調が、こころなしか重い。

「鉄ちゃん、おとっつあんに会うのがいやなんでしょう」

気の重そうな鉄幹の横で、一乃が軽い声を出した。

「そりゃあ……いや、そんなことはない」

「無理しなくてもいいって。わたしにまかせておけば平気だから」

鉄幹を残して駆け出した一乃は、橋番所の手前で幹太郎に追いついた。

「ちょっと耳をかしてごらん」

「やだよう。うわあっと、でっかい声を出すに決まってるんだから」

「そんなことじゃないからきて」

いやがる幹太郎の耳元で一乃がささやき、幹太郎がこくんとうなずいた。永代橋を渡り終えたあとは、船番所先の豊海橋から堀沿いの道を取った。

茅場町《かやば》に入ると、組屋敷の高塀が頭上に覆《おお》いかぶさるように並び始めた。いきなり町が彩《いろど》りを失ったことに怯《おび》えた幹太郎が、一乃のそばに駆け戻ってきた。

「幹太郎、肩車をしてやろう」

担ぎ上げられた幹太郎は怖さが消えたらしく、鉄幹の肩上で嬉しそうな声をあげている。

こどもの喜ぶ声で、鉄幹の屈託も失《う》せたようだ。塀だけの町を行く歩みが軽くなっていた。

楓川に架かる海賊橋を渡ると、平松町はすぐ先である。橋を渡って幹太郎をおろしたところに、一乃が寄ってきた。

「なつかしいだろう」

「五年ぶりだから……」

鉄幹と一乃が同じ方角を見詰めている。

「あそこで鉄ちゃんと会ったのよね」

橋のたもとで出会いの場を思い返している一乃の手を、幹太郎が強く引いた。

「どっちに行くのか、ちゃんとおしえて」

「そうか……おまえは初めてだものね」

一乃は幹太郎のわきに立ち、おとずれる先を指差した。

「黒い塀のあるお店がみえるでしょう……そう、そこのこと……その角を曲がって二軒目のおうちよ」

幹太郎が駆け足で角を曲がった。

「鉄ちゃん、行きましょう」

鉄幹の背中を押すようにして角を入った。幹太郎は本多屋の店先で、ふたりが近づくのを待っており、一乃に目で問いかけている。一乃が瞬《まばた》きで返事をすると、こどもは本多屋に駆け込んだ。

「おじいちゃん、ただいまあ」

こどもの甲高《かんだか》い声が、用水桶《おけ》のわきに立つ鉄幹にもはっきりと聞こえた。

「ただいまって……おい、一乃……」

言いかけた鉄幹を残して、一乃も軽い足取りで本多屋に入った。

「おとっつあん、ただいまああ」

幹太郎よりも一乃のほうが大きな声を出した。

「一乃さま」

突然の大声に帳場の嘉兵衛が腰を浮かせた。

「だれでもいい、早く奥にそう言いなさい」

嘉兵衛が慌てふためいているところに、奥から一乃の母、静乃が顔をのぞかせた。

「お母さん、ただいま」

ただいまが、すでに涙声になっている。

「おかえりなさい。待っていましたよ」

母娘のやり取りを、木三郎は暖簾《のれん》の陰で聞いていた。何とかむずかしい顔を拵《こしら》えようとするのだが、目に力が入らない。帯をきゅきゅっと扱《しご》き、袖を引っ張って顔を出す間合いをはかっていた。

「あっ、おじいちゃんが隠れてる」

幹太郎が大声を出した。

「うっ、ううん……」

咳払いが暖簾の奥からこぼれ出た。

「おとっつあん、ただいま」

一乃があいさつをしても、木三郎は孫だけを見ている。何とか娘を見ないようにとする、父親の仕種《しぐさ》がぎごちない。幹太郎の手を引いて、木三郎はさっさと奥に引っ込んだ。

「鉄幹さんはどこなの」

木三郎の振舞いを笑って見ていた母が、娘にたずねた。

「表で入れなくなってるみたい……すぐに連れてきます」

　本多屋に顔を出したのは、贋金にかかわる相談ごとが目的だった。しかし五年振りの里帰りで、しかも名前しか知らなかった初孫との対面である。半刻ほどは話ができなかった。

　それでも九ツ（正午）過ぎに嘉兵衛、安次郎が奥に呼ばれたときには、木三郎はいつもの顔に戻っていた。

　娘とその連れ合いとを、木三郎が言いにくそうに安次郎に顔つなぎしたあと、すぐに一乃が話を始めた。

「手間をかけて申しわけありませんが、このふたつを見ていただけますか」

　一乃は持参した本と一分金とを、父親に差し出した。一分金をそのまま安次郎に手渡した木三郎は、本を手に取ると表紙裏から丹念に読み始めた。

　座敷から音が消えていた。ときおり幹太郎のはしゃぎ声が漏れてくるが、座敷のだれひとり気を動かさなかった。

「少々、座を外させていただきます」

　一分金を嘉兵衛にあずけた安次郎が店に戻って行った。木三郎は食い入るようにして本を読み進めている。安次郎が座敷に戻ってきたところで、木三郎も本をわきに置いた。

「おまえの見立てから聞こう」

　促された安次郎は、軽く咳払いをしてから話し始めた。

「お嬢様がお持ちになられた一分金は、何の曇りもない本物でございます」

「えっ……そうなの？」

一乃が気落ちしたような声を出した。

「そうなのという言い草はないだろう。贋金でなくて何よりだ」

木三郎が娘の振舞いをたしなめた。

「見立て違いということはないだろうね」

「万にひとつもございません」

安次郎の目に力がこもっている。嘉兵衛はとなりでうなずくばかりだ。手代の見立てを受け入れた木三郎が鉄幹と向き合った。

「この本を書いたひとのことを、面倒でもいま一度聞かせていただきたい」

「分かりました。わたしもそれほど詳しく知っているわけではありません」

女房の出産を前にして宿を出たままの清吉が、産み屋に女房が出たあとで一度宿に戻っていたこと。

その夜、何者かが清吉の宿に押し入り、分吉の首筋を殴りつけて妹をさらったこと。

畳が引き剝がされて、何かを探したような跡があったこと。

土間にサイコロが転がっていたこと。そして、一乃が持ち込んだ一分金は、清吉が女房に渡したものであること。

これらの事柄を、見たまま、聞いたままに鉄幹は話した。

「その最後のところだ、腑《ふ》に落ちないのは」

話を聞き終えた木三郎が、座の全員に向けて考えを口にした。

「一乃、煙草盆を持ってきなさい」

「はい」

五年前、父娘で勘当だとやり合ったしこりは、孫を連れてきたことで流れ落ちたようだ。用を言いつける木三郎、すぐに座を立つ一乃の双方が、すっかり元に戻っていた。

一乃が中座して、また座敷から音が消えた。聞こえるのは泉水の水音だけである。今日の鯉は、いつも以上に勢いよく跳ねていた。

「おとうさん、お待たせしました」

鉄幹、嘉兵衛、木三郎の三人が目を丸くして一乃を見た。安次郎ひとりが、不思議そうにみなの顔を順に見ている。

「うっ、うん……」

おとうさんと呼ばれた木三郎が、照れ隠しの咳払いのあとで煙草を詰め始めた。一乃が鉄幹に向かって、小さく舌を出した。木三郎が煙草を一服吸い終わるまでは和《なご》んでいた座の気配が、話に戻ると引き締まった。

「この本は、清吉というひとの日記のようなものだ。相当に崩した草書で、いつ幾日との書き込みもないから定かではないが……恐らく去年の秋口から書き始めたはずだ。初日に清吉さんが書いている通り、去年は中秋を過ぎてもばかに暑かった」

木三郎は清吉の日記を手にすると、目で追いながら話し始めた。

「清吉さんは手代を装った渡世人に連れ出されて、扇橋の賭場に引き入れられたようだ」

「どうして賭場なんかに?」

問いかけたのは一乃である。

「寅吉というのが貸元の名だが、その男が贋金造りに深くかかわっているようだ。清吉さんは内儀《ないぎ》と、やがて生まれる赤子のことまで調べられていると知って、逃げるに逃げられなかったのだろう」

木三郎は番頭を膝元まで呼び寄せた。

「享保《きょうほう》大判を二枚、ここに持ってきなさい」

すぐさま立ち上がった嘉兵衛は、真綿に包《くる》まれた大判二枚を持ってきた。

一乃は大判を手にしたことがなかった。本多屋の娘に生まれていながら、見たいと思ったことがなかったのだ。鉄幹はもちろん大判とは無縁である。

木三郎はていねいに真綿を取り除くと、享保大判を一乃と鉄幹にそれぞれ手渡した。

「徳川様はこれまで慶長《けいちょう》、元禄、享保と、三種の大判を造られてきた。量目はどれも四十四匁(約百六十五グラム)で変わりはないが、金の多さではこの享保大判が一番だ」

長さ五寸(約十五センチ)、幅三寸一分(九センチ強)の大判は、一乃の手のひらからはみ出るほどに大きい。返そうとしたら父親が押しとどめた。

「この大判が、行方知れずの清吉さんにかかわりがあるのだ。鉄幹さん、その大判に墨書《すみがき》されている文字が読めますか」

「いいえ、まるで分かりません」

「上から十両後藤と書いてあり、一番下の門の字に似たものは、後藤の花押《かおう》です。清吉さんは、これを真似《まね》ろと迫られたようだ」

「こんな絵のような文字を、清吉さんはすぐに描けたのでしょうか」

問われた木三郎が静かに首を振った。

墨書は、大判座後藤家のみに許された奥義《おうぎ》である。大判座後藤庄三郎《しょうざぶろう》は、墨書の筆遣い、筆、墨に至るまでを秘伝とし、一子相伝《いっしそうでん》を厳守した。

「墨書は、大判座のほかはきつい御法度《ごはっと》です。墨が薄くなったり汚れたりしたときは、両替商を通じて大判座に持参し、一分の判料を払って直《なお》し書《がき》してもらうのが定めです」

大判を手にしたままだった鉄幹が、あわてて木三郎に戻そうとした。木三郎は今度も受け取らずに話を続けた。

「贋物《にせもの》を一枚描くのも、命と引き替えるも同然のおろかな所業だが、寅吉という男は五千枚もの贋の墨書をさせようとしたようだ」

「五千枚も……」

一乃はため息をついたが、となりの鉄幹は大判を膝元に置いて身を乗り出した。

「去年の秋から大きな得意先ができて、清吉さんは毎日外へ仕事に出るようになったと連れ合いから聞かされました。ことによると、清吉さんは扇橋にいるかも知れません。そう考えれば、落ちていたサイコロにも合点《がてん》がいきます」

鉄幹の見立てを木三郎はさほど気にとめていなさそうだったが、一乃は大きく得心した様子だった。

「享保大判が造られた数は、せいぜい八千枚といったところだ」

話を変えた木三郎が目で手代に問いかけた。安次郎が何度も深くうなずいた。

「和泉屋で見ました大判座の触書《ふれがき》には、八千五百十五枚とされておりました」

すらすらと安次郎の口から数が出た。

「大判は、小判や一分金のように常日頃の商いに用いるカネではない」

みなの目がまた木三郎に集まった。

「言葉はわるいが、御用商人が武家相手のまいないに用いたり、お大尽《だいじん》がひそかにたくわえたりするのに重宝するカネだ。ゆえに享保大判は、わずか八千枚ほどしか造られていない」

木三郎が煙草盆を膝元に引き寄せた。

「清吉さんが日記に書いたことがまことだとして、普段遣いには役に立たない五千枚もの大判を、何に使うつもりなのか……これが腑に落ちないことのひとつだ」

木三郎が一服の煙草を旨そうに吸っている。煙を目で追いつつ思案をまとめていたが、キセルを叩《はた》いて話に戻った。

「もうひとつ腑に落ちないのが、清吉さんの一分金だ。扇橋の渡世人は、何百枚もの一分金を持っていると日記に書いてある。清吉さんは、これも贋金だと承知の上で受け取っていた」

「どうして贋金だと……安次郎さんは本物だと目利きされたじゃないですか」

鉄幹が口をはさんだ。他の面々も、鉄幹と同じ疑問を抱《いだ》いたような顔つきである。

「本物と見分けのつかないほどの贋金だから、使っても安心だと渡世人に言われている。日記によれば、寅吉という名の渡世人も、本心から贋金だと思い込んでいる様子なのだ。これがわたしには分からない」

「それは、清吉さんを雁字《がんじ》搦《がら》めにしたくての、渡世人の嘘ではございませんでしょうか」

安次郎が考えを口にしたが、一乃も鉄幹も得心した顔ではなかった。

「ごめんなさい、うまく呑み込めないものですから、もう少し分かりやすく教えてください」

一乃から声をかけられた安次郎は、身を乗り出して話を始めた。

「つまり清吉さんに贋金を使ったと思い込ませることで、もう逃げられないと信じ込ませるのが狙いなわけです」

「へええ……そんな風に考えるんだ……」

一乃の口調は、安次郎の言い分をまるで買ってはいなかった。

「でもそんな面倒なことをしなくても、清吉さんはとっくに逃げられないと思ってるんじゃないかしら。おとうさんの話から、わたしはそんな気がするけど」

一乃が気負いもなく、おとうさんと呼び始めている。木三郎も照れずに聞いていた。

「清吉さんの日記はそこまでですか？」

「いや、もう少しある」

木三郎の口調が微妙に固い。一乃とは普通に話ができていたが、鉄幹とのやり取りには、まだぎごちなさが残っていた。

「清吉さんは、最後には自分が殺《あや》められるのではないかと案じていたようだ」

「やはりそうですか」

つぶやく鉄幹の声が沈んでいた。

「この日記は、そんなことが起きたときの御守りだと記して終わっている」

「すべて日記に書いてあると、万一のときには渡世人を逆に脅かそうと考えていたわけですね」

「そのようだ」

鉄幹に向かって木三郎がうなずいているとき、幹太郎のはしゃぎ声が流れてきた。

「あっ、そうか……わたしには分かった」

いきなり一乃が発した声は、幹太郎に負けない大きなものだった。

「なにが分かったんだ、一乃」

鉄幹が一乃に向き直った。娘を呼び捨てにされて、木三郎が目の端をわずかにゆがめた。

「わたしが話す間は、だれも口を挟まずに黙って聞いてください。いいですね」

一乃は座に並んだ顔を順に見回した。木三郎とは念入りに目を合わせて、父親がうなずくのを確かめてから話に入った。

「寅吉さんには仲間がいます。大判五千枚と言えば五万両でしょう。そんなお金を、賭場の親分が持ってるわけがないもの」

「そんな……決めつけるなよ」

鉄幹が思わず口を挟んだが、一乃に睨まれるとすぐに黙った。

「ところがその仲間は、五万両をひとり占めしようとして寅吉を騙《だま》してるの。細かなことはまだ分からないけど、きっとそうよ。だから清吉さんもおあきちゃんも、寅吉のところで縛られてるんだわ」

話すうちに、寅吉さんが寅吉と呼び捨てになった。ひとりで得心している一乃は話し終えると、どうだと言わんばかりに座の面々を見回した。

「もう口を開いてもいいか」

どうぞと言われて鉄幹が一乃に膝を詰めた。

「話の辻褄《つじつま》がまるで合わないよ」

「どこが合わないの?」

一乃が口を尖《とが》らせた。

「仲間がいるというのは納得できるが、なぜ騙してることになるんだ」

鉄幹は相手をなだめるように、声を低くして話を続けた。

「五万両が、途方もない大金だというのも分かる。でもそんなカネで何をするのかも分からないのに、なぜ騙していると決めつける」

「…………」

「それともうひとつ、清吉さんとおあきちゃんが、なぜ扇橋で縛られてることになるんだ。清吉さんはともかく、どうしておあきちゃんをさらって行ったんだよ」

理詰めで問われて、一乃がほほを膨らませた。

「産み月が近いことまで知ってたわけだから、寅吉というひとは清吉さんの女房の顔も分かっている。赤の他人のおあきちゃんをさらったのは、どんなわけがあったんだ」

「もう……細かいことばっかり言うのって、鉄ちゃんのわるいくせよ」

我慢の切れた一乃が食ってかかった。

「とにかく寅吉は仲間に騙されてるんだって。幹太郎だったらすぐに分かってくれるのに……わたし、お茶でもいれてきます」

股引姿の一乃は腰が軽い。さっと立ち上がると奥に消えた。

「五年を過ぎても、変わらぬものは変わらない」

木三郎が鉄幹のそばに膝を寄せた。

「色々と思うこともあるだろうが、娘のことをよろしくお願いします」

「いえ、こちらこそ」

木三郎と鉄幹とが、初めて一乃のことを口にした。

「一乃も実家《さと》に顔が出せたことで、ほんとうに嬉しそうです。それに無茶を言ってるようでも、的を射ていることが多いんです。いまのことも、きちんと筋道を追って考えてみますから」

ふたりのやり取りを、嘉兵衛は目を潤《うる》ませて聞いている。いきさつの分かっていない安次郎は、しれっとした顔で座っていた。

一乃がいれたのは、淡い香りの立つ上等な煎茶《せんちゃ》である。父親から配り始めた茶は、鉄幹が一番あとになった。鉄幹にべっと舌を出した一乃がなにかを思いついたらしく、また大声を出した。驚いた鉄幹は手にした湯呑みが跳ねて、茶が鼻の周りに飛び散った。

「嘉兵衛さん、うちには江戸の切り絵図があったでしょう」

「もちろん。江戸中のものがございます」

「本所深川のを見せてください。きっとそうなんだから」

帳場から嘉兵衛が持ってきた絵図が座敷に広げられた。湯呑みを手早く片付けた一乃が絵図の真ん中に座り、男が二人ずつ、一乃を挟んで座った。

「やっぱりそうだ。ほら見て見て……おあきちゃんがさらわれた島崎町から扇橋までは、横川があるでしょう。それで扇橋の前には小名木川が流れてて、この川をずうっと伝って行けば、ほら、大島橋のところに出ます。そうだよね鉄ちゃん、間違ってないよね」

「合ってるよ……それで」

「この大島橋には砂村新田の、おせきさんとこの堀川がつながってるでしょう。これでわたし、みんな分かっちゃった。嘉兵衛さん、もう絵図はいいですから」

「分かりました。汚さぬうちに返しておきましょう」

帳場から嘉兵衛が戻ったところで、またもや一乃のひとり舞台の幕が開けられた。

「白龍さんが持ってきた一分金は、贋金だったんでしょう」

「左様でございました」

安次郎がきっぱりと答えた。

「あれを拾ったのは、砂村新田のおせきさんというひとの竹藪《たけやぶ》です。寅吉の仲間は、きっと砂村から遠くない川の近くにいるはずです。竹藪を抜けて川まで近道したときに、あの一分金を落っことしたんです。それでおあきちゃんをさらった連中は、舟で往復したんです……小名木川を下って。鉄ちゃん、わたしって、変なことを言ってるかなあ」

鉄幹は間髪《かんはつ》いれずにうなずいた。

「聞いていても、わけが分からない」

「でも、きっと砂村の近くで、おあきちゃんは縛られてるわ」

「おまえ、さっきは扇橋で縛られてるって言ったぞ」

「それは違うの、縛られてるのは砂村よ」

「砂村の近く、だろう」

「まったく細かいんだから」

初めは真剣に聞いていた木三郎も、次第に呆《あき》れ顔へと変わってきた。安次郎は最初から相手にしていない様子である。嘉兵衛ひとりが、一乃の言い分を真正直に受け止めていた。

「早く帰って、このことを分吉さんやお加寿さんにも聞かせないと」

砂村で見つけた贋金。清吉の失踪《しっそう》。おあきのかどわかし。ひとがどう思おうとも、一乃のなかでは答えが出ているようだ。

「とにかく一度深川に帰ります。一乃も言いましたが、さらわれたおあきちゃんの兄も待っていますので」

「分かった」

答える木三郎の目が厳しくなっている。

「素人《しろうと》が危ないことをしなさんな。とりわけ一乃は、何をしでかすか分かったものじゃない。鉄幹さんさえよければ、安次郎でも嘉兵衛でも、連れて行っても構わないが」

一乃と鉄幹が顔を見合わせた。互いにうなずき合ったあと、鉄幹が口を開いた。

「それでは遠慮なしに、嘉兵衛さんをお願いできれば」

「結構だ。それとこの騒動が片付くまでは、幹太郎をあずかろう。どうだ一乃、そうしなさい」

「でも、幹太郎が何と言うか……」

木三郎の動きは素早かった。奥に言い付けて幹太郎を座敷に呼ぶと、事情を話してここに残ったらどうだと問いかけた。

「おじいちゃん、それはだめだよ。おいらが付いてないと、かあちゃんはなにをするか分からないから」

木三郎は三度も幹太郎を説き伏せようとした。しかし孫は母親と離れることを呑み込まない。木三郎も渋々ながら諦《あきら》めた。

「おとうさん、くれぐれもお役人には黙っていてくださいね」

「そうするつもりだが、事と次第によっては御上《おかみ》が乗り出さざるを得ないかも知れない。そのときは、何を措《お》いてもわたしに聞かせなさい。鉄幹さんもよろしいな」

「しっかり覚えておきます」

幾つか片付けものがあるということで、嘉兵衛はあとから八兵衛店に来ることになった。楓川の通りを曲がるまで、木三郎は静乃とともに親子三人を見送っていた。

## 十三

雨上がりの風が、小名木川を伝って寅吉の賭場に流れ込んできた。まだ四ツ（午前十時）前だというのに、三本の徳利が空《から》になっている。朝方の酒は機嫌のわるいあかしだった。

「見つからねえじゃ済まねえ、今夜には船がけえるんだ。こんなでえじなときに、松前屋に弱みを見せるんじゃねえ」

弱みとは清吉の日記である。昨年秋に松前屋平兵衛が持ち掛けた最後の大仕事が、日記の起こりだった。

千枚の一分金が敷かれた笊を受け取った翌日、寅吉は大島村の屋敷に平兵衛を訪ねた。

庭木を渡る風が葉を揺らす音と、泉水に引き込まれた川水の流れる音が庭で立っているだけで、屋敷は静まり返っている。奉公人もいるはずだが、どこからも物音が聞こえない。

からくりの普請段取りすべてを手配りした寅吉だが、それでもこの屋敷に漂う得体の知れなさには馴染《なじ》めなかった。

この日までの寅吉は、平兵衛とは五分《ぶ》で渡り合えると思ってきた。ところが屋敷で睨み合ったとき、相手の底知れぬ一面を見せつけられた。その挙句《あげく》、平兵衛の思案を呑み込まされる羽目になったのだ。

「御上の御改鋳がどういうものか、寅吉さんはお詳《くわ》しいかな」

知らないだろう……と、平兵衛の目が語っている。この振舞いが癇《かん》に障《さわ》った寅吉は、返事もせずに見詰め返した。

「御改鋳とは物々しいが、平たくいえば御上が自ら贋金造りをするということです。だからあたしも、最後の仕事は贋金を造ることに決めました」

平兵衛の口調は、商いの品決めをしているかのようだった。

寅吉はここまで強請《ゆすり》、盗み、かどわかしに始末《ころし》と、裏渡世のあらゆることに手を染めてきた。しかし贋金は考えたこともなかった。

「おとといから御上は、二分金を造り始めました。その筋の話だと、あと十年は二分金を造り続けるようです。御上は二分金二枚で一両通用だと言っているが、これでどれだけ儲けを出すか分かりますか」

「かんげえたこともねえ」

「金を減らした二分金は一両造れば八分（八パーセント）、およそ一朱強の出目《でめ》がでます。ここまではよろしいか」

「えらく阿漕《あこぎ》に掠《かす》るじゃねえか」

「いやいや、これは序の口です」

平兵衛がさらにわけ知り顔になっているが、寅吉は話に引き込まれ始めていた。

「この先十年で、二分金は三百万両を造るそうです。それの八分といえば、ざっと二十四万両だ」

「てえした稼ぎだぜ」

「こんなことで驚いてはいけません。二十四万両の儲けは二分金だけのことです。去年から通用の始まった一両小判と、あんたに届けた一分金も、十年は通用させるらしい」

「これのことだな」

寅吉がふところの革袋から一分金を取り出した。平兵衛はそれを見もせずに話を続けた。

「小判と一分金で、一千万両造る腹積もりだと聞いている。出目が同じなら八十万両だ。御上はこのたびの御改鋳で、都合百万両も儲けようとしているわけです」

それがどうしたと、寅吉は胸のうちで毒づいた。聞き始めは面白そうに思った寅吉だが、次第に嫌気《いやけ》がさしてきた。

御上がどれほどボロ儲けしようが、小判造りをひとりじめする胴元だからできる話だ。松前屋の身代《しんだい》は知らねえが、御上と張り合って胴が取れるわけがねえ。

　博打を渡世とする男のわきまえである。

「乗り気じゃないようですな」

　平兵衛は寅吉の胸のうちを透かし見ているようだ。

「まるで気乗りがしねえな」

「わけをうかがいましょう」

　寅吉のぞんざいな口調が気に障《さわ》ったのか、平兵衛がめずらしく生身の声で問いかけた。

「娑婆《しゃば》じゃあ焚付《たきつ》けにもならねえ木の駒札が、盆の上なら一枚一両の値打ちだ。金を混ぜるの混ぜねえのと、七面倒なこたあ言わねえ。けえるときには小判と取り替えると分かってるから、客も駒札を小判で買うわけよ」

「それで？　……どうぞお続けなさい」

「木っ端《こっぱ》を小判がわりだと思い込ませるには、ふたつのことがでえじだ」

「それはぜひともうかがいたい」

　平兵衛が座り直して先を促した。

「ひとつは駒札に書いた通りの銭と、文句なしに取り替えるてえことだ。客からめえるところに金銀を積み重ねておくのも、それで連中を安心させるためさ」

「なるほど、理屈ですな」

「ふたつめは偽札を見つけたら、容赦《ようしゃ》なしに客の見ているめえで叩き潰《つぶ》すということだ」

「見せしめですか」

うなずく寅吉の唇が赤黒く濡れていた。

「うちらの札には、まがいものを見抜くための細工がしてある。たかが博打《ばくち》の木札でもこんだけ気を遣ってるんだ。天下通用の小判に手を出して、てめえの首を吹っ飛ばす気はかけらもねえ」

寅吉が話し終えても、平兵衛は口を開かなかった。

雲が切れたらしく、庭からの戻り陽《び》が部屋に広がった。平兵衛の毛深い顔の隅々までが見て取れた。

「少しのあいだ、失礼させてもらいますよ」

黙り込んでいた平兵衛が、険《けわ》しい顔で立ち上がって部屋から出た。壮六が寅吉の膝元に近寄った。

「素直には引っ込まねえつらですぜ」

さらし巻きの胸元に隠した、匕首《あいくち》のあたりに手をあてている。

「落ち着きな、まだ危ねえ臭《にお》いはしてねえ」

「分かりやした」

短い返事のすぐあとに、平兵衛が戻ってきた。右手には手金庫を提げている。

「ロシア人は器用でしてね、こんなものを造ってきました」

平兵衛が取り出したものが、部屋に溢れる秋の陽を浴びて輝いた。

「まだ最後の仕上げができてはいないが、享保大判です」

言いながら平兵衛は、さらに一枚の大判を取り出した。

「こちらが本物の享保大判だが、手に取ってご覧なさい」

持ち重《おも》りのする二枚の大判を手にした寅吉は、目の光が違っていた。

「表も裏も、丹念に見比べてください」

寅吉は小判は飽きるほど見てきたが、大判を手にするのは初めてである。四十四匁の黄金が二枚、左右の手のひらの上で輝いていた。

「あんたはさきほど、まことに分かりやすい話をしてくれた」

庭に向いて大判に見入っている寅吉の背に、平兵衛が低い声で話しかけた。大判を手のひらに載せたまま、寅吉が向き直った。

「この享保大判にも、贋金を見抜くための手だてが幾つもなされています。大判の表をご覧なさい」

寅吉は二枚を表にした。左手の大判にはくっきりと墨書がしてあるが、右手のものはほとんど読めなかった。

「上下左右に打たれている、丸に五三桐《ごさんのきり》の極印《ごくいん》が分かりますか」

「はっきりめえるぜ」

「大判座後藤の家紋を極印にしたものです。表面の槌目《つちめ》と桐の極印とで、贋金を封じています。それほどにこの技《わざ》はむずかしい」

初めて手にした黄金に魅《み》せられたのか、寅吉が素直にうなずいた。

「裏にも同様の極印と、座人《ざにん》、頭梁《とうりよう》の検印が打たれています。御上が造る金貨は大判から一分金まで、どれも何重もの細工がしてあるわけですが、どうです、寅吉さん、その二枚のどちらが贋金か見分けられますか」

大判の極印、検印、槌目を見比べていた寅吉が、低く唸《うな》りながら平兵衛を見た。

「まるで見分けがつかねえ」

「さすがの寅吉さんも驚かれたようですな」

いつもなら鼻持ちならない平兵衛の物言いが、このときばかりは気にならなかった。

「ついでにもうひとつ」

平兵衛が金庫を逆さにした。じゃらじゃらっと大きな音を立てて、一分金が畳の上に小山を築いた。

「昨日お持ちした一分金と同じものです。あんたが持っているものを含めて、ロシア人が造った贋金です」

「ちょいと待ちねえ」

寅吉の唇が大きくめくれた。

「あれは贋金か」

「心配いりません。渡す前に、うちの者が両替屋で試しています」

「そんな話を鵜呑《うの》みにできるかよ」

「もっともな言い分です」

平兵衛は小山を築いた一分金を何枚か手に取った。大判はまだ寅吉の手元にあった。

「寅吉さんの手のひらの享保大判と、この一分金とを、そちらの顔が利く両替屋に目利きさせてみませんか。なにごともなく通用するほうに、あたしの身代を賭けてもいい」

「贋金だとばれたら大騒ぎになる。あんたの身代をもらっても引き合わねえ」

「そうなったときには、あたしの首も差し出しましょう」

寅吉はこの話を受けた。

一軒だけの目利きでは得心せず、三軒目は日本橋の本両替にまで半蔵を走らせた。さすがに地場の両替屋相手のようなわけにもいかず、半蔵に手代の身なりをさせた。

「この一分金を小判に両替願えますか」

一見客《いちげん》をあまり相手にしない両替屋の手代は、手数料を一分（一パーセント）いただきますと切り出した。深川の倍だが、半蔵は一分金が通用するか否かを確かめたいのだ。わざと渋面を拵えつつ両替を頼んだ。

「ことのついでにもうひとつ、お願いがあります」

「なんでございましょう」

手代の口ぶりは相変わらず横柄《おうへい》だった。

「あるじがこれを目利きして欲しいと申しておりますが」

紙入れから無造作に大判を取り出した。手代の目つきが険しくなった。

「目利きとはどういうことでしょう。なにか気がかりなことでもございますので」

「いや、そんなわけじゃねえんで」

思わず地のしゃべり方になった半蔵が、慌てて口をつぐんだ。

「あるじがよそから戴《いただ》いたものですが……大判を見るのは初めてですし、墨の文字が消えかかっているのが心配だと……」

つっかえながら話す半蔵の言うことを聞き終えた手代の目には、愛想のかけらも浮かんでいない。

「吟味代を三朱頂戴《ちょうだい》することになりますが、構いませんね」

手代は半蔵の返事もろくに聞かず、大判を持って帳場に向かった。

半蔵はいつでも逃げ出せるように身構えた。

帳場では手代と番頭とが何度も半蔵を見ながらひたいを寄せ合っていたが、話が終わったあとは大判を手にして秤場《はかりば》に移った。尻の落ち着かない半蔵は、土間を行ったり来たりしながらも、手代の動きから目を離さなかった。

しばらくして、吟味を終えた手代が戻ってきた。さきほどまでとは打って変わり、商い向きの笑顔を浮かべている。

「お持ちになられましたものは、間違いのない享保大判でございます」

半蔵の肩から力が抜けた。小判三両と大判とが、袱紗《ふくさ》敷きの盆に載っていた。

「まずは小判をお改めください」

手代が三枚の小判を差し出した。

「草文一分金十二枚のご両替でございますので、お取り替えも草文小判三枚とさせていただきました。受取はお入り用で？」

「お願いします」

半蔵が頼んだ。本両替の受取であれば、何より確かな書付けとなる。帳場から受取を持ってきたあと、袱紗に載せたままの大判を差し出した。

「このままでも結構ですが、大判は墨書が値打ちです。判料一分二朱で、てまえどもから大判座に回して直し書をさせますが」

目利きさえできれば用済みである。半蔵はていねいな口調で申し出を断った。

「大判はじかに紙入れに入れたりなさらず、真綿に包むか桐箱に納めておかれますのがよろしいかと……てまえども大《おお》には、桐箱の備えもございます」

何とかお店者を装い果せた半蔵は、受取を紙入れに納めると急ぎ足で日本橋を離れた。

翌日の午後、寅吉は半蔵と壮六を引き連れて平兵衛の屋敷に顔を出した。前回とは異なり、顔つきが穏やかである。壮六は本郷田島屋《ほんごうたじまや》で誂《あつら》えた角樽《つのだる》入りの、灘《なだ》の下り酒を持たされていた。

「このたびばかりは、肚の底からお見それしやした。駆け引きなしで、手伝わせてもらいやしょう」

気をよくした平兵衛は賄所《まかないどころ》に言いつけて、松前の珍味でもてなした。

「昆布締《こぶじ》めの秋味《あきあじ》(鮭)は松前藩主献上の逸品で、昆布も魚も選《え》りすぐりです。大仕事の固めごとにふさわしいでしょう」

寅吉持参の灘酒が膳に添えられた。が、仕掛けの先行きを思う寅吉は盃《さかずき》が進まない。平兵衛も無理強《じ》いはせず、頃合よく膳を下げさせると粗筋《あらすじ》を話し始めた。

「賭場を仕切る親分衆がどれほどのたくわえを持っておいでか、ぜひとも正直にお答えいただきたい」

駆け引きなしで手伝うとは言ったものの、問いが余りにあけすけである。しかも代貸と壮六がわきに控えているのだ。寅吉は答えぬまま平兵衛を見詰めた。

「問い方がぶしつけ過ぎましたか……それでは先に、あたしの思案を話しましょう。聞き終われば、親分も口を開かれるでしょう」

寅吉の思いを見抜いたような調子で、平兵衛が仕掛けの中身を話し始めた。

「造るのは、このたび改鋳された文政小判です」

平兵衛は半紙に包まれた十枚の小判を取り出し、寅吉たちに一枚ずつ手渡した。

「量目が三匁四分八厘(約十三グラム)で裏には草書の文の字が極印された、まさに文政小判です」

槌目の美しい表には上下に扇形の桐、そして壱両の文字、光次、後藤家の花押が極印されている。寅吉も毎日のように見ており、手触り、重さともに見知ったものだった。

「それを七万五千両造ります。雑な勘定だが儲けの見込みは三万両、それを六分四分で分けましょう。寅吉さんの取り分が一万二千両です。どうです、わるい話ではないでしょう」

涎《よだれ》が垂れそうになる話である。寅吉が目で笑いかけた。

「段取りはこういうことです」

聞く前に、半蔵と壮六が思わず座り直した。

寅吉が胴元になり、親分衆から文政小判だけを集めることが始まりである。

「ご承知のように元文以前の金貨は、両替屋が増歩《ましぶ》をつけて草文小判に取り替えてくれます。これは親分衆が勝手になさればいい。あたしどもは草文小判に限ることにします」

幕府は改鋳を重ねるごとに金を減じてきた。そのため質のよい古銭小判は退蔵されて流通しなくなる。それゆえ市中が金貨不足に陥《おちい》り、物価が高騰した。しかも改鋳の基になる金貨が足りなくなり、改鋳も思うようには運ばなくなった。

その打開策が古銭の増歩付き両替である。元文時代の記録によれば、金百両につき六十五両、銀十貫につき五貫の増歩を付けたとある。これほどの増歩を付けながら、それでも幕府は古金百両の交換で新小判十五両の出目を出した。いかに凄まじい改鋳であったかが分かる。

平兵衛は古銭の両替は勝手にやらせた上で、文政小判に限る形で集めろと話した。

「五万両を目処《めど》に集めて欲しいが、五割の増歩を付けると言ってくだすって結構だ。七万五千両を造るというのはこのことです。贋金造りはロシア人が請け負います」

話の終わりを待ちかねて、寅吉が平兵衛に膝を寄せた。

「露助が巧《うま》く造るてえのはよく分かったが、幾ら連中が巧く造っても金を薄めるには限りがあるだろう」

平兵衛は口を開かず、寅吉に言い分を吐き出させた。

「五万両に五割の増歩をつけて、そのうえ三万両を稼ぎ出すとなりゃあ、金が少なすぎて小判にはめえなくならねえか」

「手元の小判が、いまあたしが話した段取りの贋金です」

「なんだと……これも贋金か」

平兵衛が鷹揚《おうよう》にうなずいた。

「この前のように、両替屋で確かめてもらって結構です」

手元の小判に触れて、寅吉たちも得心した。毎夜賭場を行き交う小判と、なんら違いが感じられなかったからだ。

「とはいうものの、寅吉さんの言う通りいかにロシア人でも、集めた小判だけではここまでの金貨は造れない」

「どうしようてえんだ」

「女と金とを取り替えます」

寅吉の眉がぴくりと動いた。

平兵衛の抜荷相手のロシア商人は、国から相当量の金細工品を持ち出しており、交換品は女である。

「露助はあたしどもの女が、ことのほか気に入りでしてね。松前でも女ひとりと五百両相当の金とを取り替えました。あの連中は、金なんぞは腐るほど手に入ります」

平兵衛の目が光を帯びている。いつぞやの憑《つ》き物にとりつかれたような光り方だった。

「このたびは女の値を吊り上げて、ひとり千両だと吹っ掛けましたが、それでもいいと言っています」

平兵衛の目の光が一段と強くなった。

「そこでだ寅吉さん、夜鷹でも構わないから、見栄《みば》えのする女を十五人集めてもらいたい。その女たちと引き換えに、小判造りの金が手に入ります」

聞いている寅吉は、胸のうちがざらついた。借金のかたに、女衒《ぜげん》を使って娘を苦界《くがい》に沈めたことは何度もあった。しかし海の向こうに女を売るのは、まるで別の話に思えた。

湧きあがるおぞましさを押し込めて、寅吉は細かな段取りを詰めると大島村を出た。

数日後、五千枚の贋享保大判と数十枚の贋草文小判とが届けられた。いずれも他の親分衆から小判を集める折りの担保である。

「親分衆の小判は溶かし直します。新しいのが出来るまでには百日かかるとロシア人が言っています。その間、親分衆は寅吉さんの証文だけでは納得しないでしょうから、大判を担保として用意しましょう。すでに五千枚が仕上げ待ちですから」

仕上げというのが墨書だった。

寅吉はもう一度半蔵を日本橋の本両替に差し向けた。この前目利きをさせた一枚に、直し書をさせるためである。

本両替ではなにごとも起らず、五日後に桐箱に納められた大判が戻ってきた。

「豪勢な箱だぜ。これほどのものはいらねえが、同じようなものを誂えておけ」

寅吉は享保大判をすっかり信じ込んでいた。九月の月見が過ぎたころ、手下に言いつけておいた印形職人の目星がついた。

「腕のいいのが島崎町にいやした。来年には、がきが生まれるてえんで、相当に舞い上がってる職人でさあ」

一日でも早く墨書に取りかかる必要があった。寅吉は宣吉を差し向け、清吉に墨書を押し付けた。

明けて文政四年の正月。寅吉は木場《きば》、本所《ほんじょ》、鳥越《とりごえ》、それに芝神明《しばしんめい》の親分衆十名を扇橋に招いた。格上の芝には寅吉が出向き、前もって根回しをしておいた。

「赤腹の……おめえは、こんな途方もねえ吹かしを聞かせるために、扇橋くんだりまで呼びつけたてえのか」

鳥越界隈の香具師《やし》を束ねる猿《ましら》の壮助《そうすけ》が、話を聞き終えたあとで嚙《か》みついた。怒りが充《み》ちると猿の二つ名通り、唇がめくれて前歯が剝《む》き出しになる。他の親分衆も、壮助と同じ心持ちを抱いているようだった。

「猿の……言葉が足りねえでわるかった。これを見てくんねえ」

寅吉は一分金を座の真ん中に、じゃらじゃらっと山積みにした。

「これが露助の造ったお宝だ。けえりに好きなだけ持って行きねえ。うちの半蔵がこれを日本橋の本両替で小判に取っ替えた」

「とっても本気ではきけねえな」

「そう言わずにこれを見てくれ、本両替の受取だ。町場の両替屋じゃねえんだ、日本橋の本両替が目利きして受け取ったんだぜ」

一枚の受取が場の気配を一変させた。

「この小判も持ちけえってくれ。五割の増歩つきで、百日後に届くのがこの小判だ。こいつも目利きに出してもらっていいぜ」

寅吉が数枚の小判を壮助に差し出した。

「おもしれえ」

頭領格の、芝の清五郎《せいごろう》が口を開いた。

「赤腹のが、身体《からだ》を張って胴を取るんだ。儲けもいい。うちは五千に乗るぜ」

芝が五千両を呑んだあとは、木場や本所があとに続いた。しかし鳥越は変わらずに渋った。

「うちの若《わけ》えのがためして、巧く行きゃあ七千だが、まかり間違えたときには、それなりのあいさつをしてもらうぜ」

縛りを加えたものの鳥越の壮助も話に乗り、五万両は首尾よくまとまった。ところが三月半ばに入っても、大判の墨書が仕上がらず、四万両に満たない小判しか集められなかった。

親分衆とは、担保の大判と差し替えで小判を受け取る約定である。清吉への脅しが日を追ってきつくなった。

「四月五日には船が帰りますが、そこまでに五万両が揃《そろ》わないと面倒なことになります」

三月下旬過ぎ、平兵衛はていねいな口調のなかに凄味《すごみ》を利かせて催促した。

宿に戻った寅吉は壮六を呼びつけた。

「あと五日で四月だ。清吉の仕上がり具合はどうなってる」

口調は意外にもやわらかだ。難儀が重なり機嫌がわるくても、寅吉は周りに八つ当たりをしなかった。

「あと十枚で仕舞《しまい》でやす。上がり次第、鳥越の壮助親分に届ける段取りでやすから」

「なんとか間に合ったじゃねえか」

「へえ……」

「なんだ、その口ぶりは」

「ちっとばかり気懸かりがありやして」

「なんだと」

寅吉の機嫌を損ねそうな気がしたのか、壮六が下腹に力を入れた。

「松前屋さんが、清吉の腕をえらく気に入ったようなんで」

「それがどうした」

「船で連れて行きてえから、ようく因果を含めてくれと言ってきやしたんで」

「がきが生まれるのが目の前だ、そんな話を聞くわけがねえだろう」

寅吉の口調が変わり始めていた。

「それに清吉はうちの玉だ、松前屋が欲しいの何のと言えた筋じゃねえ。余計なことを聞かせて清吉のへそを曲げさせるんじゃねえ」

「それが親分、弥五七さんが清吉にぺろっと話しちまって……」

寅吉の唇が赤黒くなっている。荒れる兆《きざ》しを見て、壮六が固くなった。

「親分と話《なし》がつくまで残りの十枚には手をつけねえと……ごねてやすんで」

「ぐだぐだ言ってねえで引っ張ってこい」

壮六が連れてきたとき、清吉の顔からは血の気がひいていた。

「余計なことに気を回してねえで仕事を急げ。残り十枚の仕上げが終わりゃあ、もうここに来ることもねえ」

寅吉に脅かされても、このときの清吉は目を逸《そ》らさなかった。

「おれはことの始まりから細かく書きとめたものを持ってます」

蒼《あお》い顔のままで話し始めたことが、寅吉にはすぐには呑み込めなかった。

「おれの身になにかが起きたら、それがかならず御上の手に渡る算段を講じてますから」

寅吉は仕事さえ終われば清吉を解き放つ気でいた。が、この話を聞いたあとでは、始末するほかはないと気を変えた。

清吉は同じことを弥五七にも話した。これで清吉の始末が動かないものになった。


四月三日の昼過ぎに、壮六がすまなさそうな顔で清吉と向き合った。

「あと五枚、今夜中に造らなきゃならねえんだ。五ツ（午後八時）にはものが届くからよう、今晩もう一回つらを出してくんねえ」

「そんな……今日にも生まれそうなんです、勘弁してください」

どう頼み込んでも聞き入れられず、仕方なく引き受けた。しかし胸騒ぎを覚えた清吉は、日記を硯箱《すずりばこ》の下に隠した。

「今夜は寄り合いで遅くなる。おれが帰ってこれなくても、おまえは産み屋に行ってくれ。取りあえずこれを渡しておくぜ」

産み屋の泊まり賃として、一分金を手渡した。清吉は逃げようかとも考えたが、身重のおかねを思うと出来る話ではない。嫌々ながらも顔を出すと、案の定、様子が違っていた。

「おめえが書きとめたてえのを出しな。渋るのは勝手だが、女房も痛い目にあうぜ」

これは考えていた成り行きである。清吉はわざと泣き顔をつくった。

おれはもう船に乗るしかない。もしもおかねが日記を見つけて騒いだら、寅吉に始末させながら、清吉は懸命に思案をめぐらせた。

扇橋から島崎町までは、堀川沿いに十町ほどの道のりである。葉桜になった並木を歩き

「おれの気が変わらねえうちに、壮六を連れて行ってこい」

肚をくくっての話には、寅吉に考え込ませるだけの強さがあった。

「あの筆はおれの命もおんなじです。この先の仕事も、あの筆なしではできません。だれかが一緒で構いませんから、一度だけ、うちに帰してください。おかねがいれば、一目だけでも会いたいですから」

「そんなものはうっちゃっときな」

「昨夜《ゆんべ》は慌てて出てきたもんで、筆をそのまま残してきました」

翌四月四日の昼過ぎ、清吉は壮六をせっついて寅吉の前に出た。

そのまま扇橋に留め置かれた。

「ほんとうです。言われた通りにしますから、女房だけは勘弁してください」

「その話も嘘で厄介ごとが起きたら、かならず女房とガキを始末するぜ」

「ロシアの船に乗せられると聞いたからです。おれはもう連れて行かれると肚《はら》を決めましたから、女房は放《ほ》っといてください」

「なんでそんなことを口にしたんでえ」

「あれは思いつきのでたらめです」

れてしまう……。

善助店に戻り着くと、壮六が長屋の井戸端で立ち止まった。

「親分が、女房と名残を惜しんでこいとよ。ここで待ってるから手早く済ませろ」

清吉は宿に飛び込んだ。

おかねは産み屋に出たらしく、だれもいない。硯箱ごと手にすると、日記を火消壺に突っ込んだ。字の読めないおかねなら、火消壺に入っている日記など、どこかに捨てると考えたからだ。

「坊主を頼んだぜ」

見てもいない子を男と決めた清吉は、鴨居《かもい》に架かったおかねの着物に暇乞《いとまご》いを伝えた。

「なんでえ、あっけなく出てきやがるぜ」

壮六は拍子抜けしたような顔で、清吉を連れて扇橋に戻った。

なんとか未練を断ち切ったはずの清吉だったが、夜に入ると切なさに押し潰された。

赤ん坊の顔が見たい……。

幾ら押さえつけても、この想いが身体中を暴れまわるのだ。抑えがきかなくなった清吉は、若い衆の手を振り切って寅吉の前に出た。

「おれは船には乗らないし、書き物はしっかり隠してある」

清吉が暴れ込んできたとき、壮六は納屋で庄次郎の相手をしているさなかだった。間のわるいことに、弥五七がロシア人を連れて宿に来ていた。

半狂乱になった清吉の叫びを、弥五七は本当のことだと判じた。

「かならず見つけてください。わたしはすぐに戻って、あるじに伝えます」

弥五七が冷たく言い放った。


四月四日の夜遅く清吉の宿に押し込んだ壮六たちは、女をひとりさらったものの、日記を見つけることはできなかった。

「おれは松前屋みてえに、書き物がどうとかは心配しちゃあいねえ。あの田舎大尽《いなかだいじん》に負い目を持つのが癪《しゃく》に障《さわ》るのよ」

長火鉢の前でかしこまっている壮六を、寅吉はきつい目で睨みつけた。

「そうは言っても、おめえがさらってきた女で数は揃った。壮六、しゃっちょこばってねえで一杯やりねえ」

長火鉢の向こうから寅吉が徳利を差し出した。唇の赤黒い色が消えていた。

## 十四

「かあちゃん、あしたでものおばちゃんが出てるよ」

本多屋からの帰り道、仲町の角で幹太郎が一乃の袖を引いた。地べたに敷いた筵《むしろ》に、口の大きい薄焼の瓶《かめ》が三つ並んでいる。

「あしたでもあさってでも、おいしく食べられます。すっかり砂を吐かせてあります、このままじかに食べられます」

調子のついた口上《こうじょう》で、しじみとアサリを売っている。千福への通り道に出ているしじみ売りを、幹太郎は『あしたでものおばちゃん』と呼んでいた。

「おばちゃん」

「あしたでも……あら幹太郎、ひとりかい」

口調が途中から普通のものに変わった。一乃が鉄幹の手を引き、しじみ売りに近寄った。

「おばさん、うちの旦那です」

一乃に顔つなぎされた鉄幹が、愛想良くあたまを下げた。

「さっき千福のおしまさんがさあ、通りすがりにめずらしく立ち止まったんだよ」

おしまと聞いて、一乃の笑顔が固くなった。

「あんたと仲がいいのを知ってるからさ、ひとしきり文句を聞かされたけど、今日は休んだんだって?」

「いやなことを言われたんなら、ごめんなさい……それでおしまさんは、何て言ってたんですか」

筵の端にしゃがみ込んだ一乃は、いきなり世間話を始めた。これをやり始めると、一乃はときを忘れてしまうのだ。幹太郎はしじみに手を突っ込んで遊《じ》んでいる。

早く長屋に戻らなければと鉄幹が焦れているとき、急ぎ足の嘉兵衛に追いつかれた。番頭の顔を見て、一乃が慌てて立ち上がった。

「まさか追いつけるとは思いませんでした」

嘉兵衛の声が呆《あき》れ気味だ。

「ごめんなさい」

連れ立って歩きながら、消え入るような声で一乃が詫《わ》びた。

「かあちゃん、こっちから行くと早いよ」

幹太郎は料亭が連なる小道を曲がった。

担ぎ売りで行き来している近道だが、得意先の前を歩くことになる。この通りには得月もあることを、一乃はすっかり忘れていた。


庄次郎は勝手口わきに積み重ねた薪《まき》に腰をおろして、行きつ戻りつ思案を続けていた。

おあきがさらわれて数が足りていることを知らない庄次郎は、今夜五ツ（午後八時）までに女をひとり都合しないとまた半殺しの目にあわされると思い込んでいた。目星をつけておいた仲居は、間のわるいことに休んでいる。

思案に詰まった庄次郎がぼんやり座っている前を、一乃たちが通り過ぎた。

「あっ、あいつは……」

まろやかな尻と短い髪、少し先を歩くこども。天秤《てんびん》を担いではいないが、おとといの野菜売りに間違いなかった。

庄次郎は板場に飛び込み、足駄《あしだ》を雪駄《せった》に履き替えると一乃のあとをつけ始めた。格別の思案があってではないが、ぼんやり座っているよりも動いたほうが気が落ち着いた。

ことによれば……と、薄い望みを抱いた庄次郎が、冬木町八兵衛店の木戸で立ち止まった。野菜売りが木戸を入った裏店には、だれも知った顔がいなかった。

あいつは担ぎ売りだ、いまに出てくる。

何が何でも、女をひとり都合しなければならない。庄次郎は、木戸が見通せる道端で待つことに決めた。

「そんなわけだから、おあきちゃんは大島橋と砂村の近く、きっと大島村のどこかで縛られてるけど、無事なんだから安心して」

一乃が本多屋で話したのと同じことを、分吉、お加寿に聞かせ始めた。嘉兵衛は一乃の見立てを信じているようだが、鉄幹は違った。

「分吉、一乃の言っていることは、なにひとつ定かじゃない」

異を唱える鉄幹に、一乃がほほを膨らませた。お加寿はわけが分からないらしく、ふたりの顔を交互に見比べている。

「でも分吉、おあきちゃんは無事だ」

「ほら、鉄ちゃんだってあてもないのに、無事だって言ってるじゃないの」

「…………」

言い返された鉄幹が口を閉じた。しかし無事を願うお加寿は、鉄幹の顔を見つつ何度もうなずいた。

「大島村てえと……くそ、なにかあるんだが、どうしても思い出せねえ」

分吉はいま聞いた大島村という地名につながることが思い出せなくて苛立《いらだ》っていた。ぶつぶつとつぶやきながら、何度も自分のあたまを叩いている。

「分吉にいちゃんが苦しそうだよ」

思い出せずに苦しんでいる分吉の顔色が、蒼白になっていた。

「分吉さん、苦しいの？」

「かあちゃんが、おあきねえちゃんが縛られてなんて言うからいけないんだよ」

「だってそうなんだもん。幹太郎だって分かるでしょう」

「そりゃあ分かるけどさ」

「なにが分かるんだ、幹太郎。おまえまで、いい加減なことを言うんじゃない」

鉄幹が叱りつけた。

「だって分かるんだもの。おいらとかあちゃんは、あたまのなかがつながってるから」

幹太郎と一乃がうなずきあった。

「分吉にいちゃんの顔が、お寺の塀みたいに白くなってる」

「なんてこと言うのよ」

一乃がこどもの口を手でふさいだ。ところが分吉の顔が、いきなり明るくなった。

「思い出した……幹太郎、ありがとよ」

あたまを撫でられた幹太郎は、わけが分からないながらも胸を反り返らせた。

「親父が辻斬《つじぎ》りに遭った年の秋だったと思うけど……」

「どうしたのよ、分吉。出し抜けにいやなことを話し始めたりして。大丈夫かい?」

お加寿の声が心底から分吉を案じていた。

「おれはなんともねえって」

分吉の目に力が戻っていた。

「幹太郎がお寺の塀だと言ったんで大島村のことを思い出したんだよ。あのとき親父は大島村のでけえ屋敷で、妙な水門造りに引っ張り出されたと話してた」

驚いたみんなの目が分吉に集まった。

「八年も前のことだから詳しいことは思い出せねえけど、小名木川の川っぺりにある塀で囲まれた屋敷の普請《ふしん》だって」

「分吉、妙な水門とはなんのことだ。しっかり思い出してみろ」

「思い出せねえんじゃなくて、聞いてねえのかも知れねえ」

「おまえは妙な水門だと聞いたんだろう?」

「それは覚えてるけど、親父はこの話をするのをいやがってるみてえだった」

「ほら鉄ちゃん、やっぱりそうでしょう」

一乃の弾んだ声を場違いに感じたのは鉄幹だけではなく、お加寿も、嘉兵衛までもが顔をしかめた。しかし一乃には通じなかった。

「分吉さん、ここに座ってないでとにかく砂村に行きましょう。おせきさんにも、一分金のことを訊きたいから」

一乃はすでに立ち上がっていた。

「だめだ。砂村はおれと分吉で行ってみる」

「砂村って言ったのはわたしなのに、そんなのずるいわよ」

「なにがずるいだ、ときをわきまえろ」

鉄幹が本気で怒っていた。

「日暮れまであと一刻ほどしかない。帰りは夜道だ、おまえは産み屋で待っていろ」

「だって鉄ちゃん、おせきさんのところを知らないでしょう……どうやって行くの」

「おいらが連れて行くから、かあちゃんは待ってたほうがいいよ」

一乃は幹太郎を睨みつけたが、鉄幹も分吉も得心顔になっていた。

「おあきちゃんが帰ってくるかも知れないし、お加寿さんはおかねさんと赤ん坊の世話もしなきゃいけない」

「それはそうだけど……」

一乃はまだ不満そうだったが、残って欲しいとお加寿に言われて渋々納得した。

鉄幹たち三人を送り出したあと、お加寿、一乃、嘉兵衛は産み屋に戻った。

「こんなときこそ、白龍さんがおあきちゃんの居場所を占ってくれればいいのに」

まだ気分の治まっていない一乃が、白龍への八つ当たりを口にした。

「それは妙案です、あたしが行ってまいりましょう。一乃さまのところから、一軒おいたとなりでよろしいので？」

女だけに囲まれていることから逃げ出したいらしく、嘉兵衛がすぐさま腰を上げた。

乳が足りている赤ん坊は機嫌よく眠っているし、心労続きのはずのおかねも、いまは寝息を立てている。

思いがけないことが続くさなかにありながら、産み屋は不思議な静けさに包まれていた。

「お加寿さんは、なぜ産婆を始めたの？」

幹太郎のお産以来、お加寿と親しく付き合っているが、一乃はお加寿の昔を知らない。

「おあきにも話したことがないんだけど、隠すことでもないしねえ……」

親身になっておあきの身を案じている一乃に心底から気が許せたらしく、お加寿が昔話を始めた。

「あたしの在所は相州《そうしゅう》平塚なんだよ」

「幾つまでいたの？」

「十六のときに、花火職人と一緒に江戸に出てきてね。おとっつあんには江戸に出るなら親子の縁切りだって怒鳴られたけど、あたしは別れられなくてさ」

職人は松次郎《まつじろう》という名である。

お加寿と江戸に出たとき、松次郎は二十一歳だった。平塚の小川煙火堂《おがわえんかどう》で小僧から仕込まれた松次郎は、二十《はたち》の年には打上げ花火牡丹《ぼたん》を得意とする職人にまで育っていた。

お加寿の在所は相模《さがみ》湾に面した漁村で、日焼けした浅黒い肌の娘だった。日に焼けていても、くっきりと黒い眉と瞳が際立《きわだ》って見えるお加寿は、平塚の町中でも評判の器量好《よ》しだった。

盆の送り火として、毎年夏にお加寿の暮らす浜で花火が打ち上げられた。初めて松次郎を見たのはお加寿が十三の夏で、三年後の同じ季節に夜の浜で肌を合わせた。

「松次郎さんは両国で、得意の牡丹を打ち上げたかったのさ」

「お職人なら、きっとそう思うでしょうね」

「でもねえ一乃ちゃん……煙火堂の親方はそんなことは許してくんないしさ」

「…………」

「おとっつあんは花火職人はやくざな稼業だ、そんなやつと江戸に出るなら親子の縁切りだって言うしでね」

その年の秋の終わりごろ、ふたりは道行《みちゆき》同然で江戸に出た。小川煙火堂の兄弟子《あにでし》が書いてくれた添え状だけを頼りに、本所割り下水《したみず》の裏店《うらだな》に住まいを構えた。

「両国横山町の鍵屋《かぎや》さんに、松次郎さんは何とか雇ってもらえたんだけど、通い職人じゃだめって言われたのよ」

「鍵屋さんのような大店《おおだな》だと、通いはだめでしょうね」

実家の本多屋の仕来《しきた》りをわきまえている一乃には、鍵屋の言い分も得心できた。

「いまならあたしにも分かるけど、当時はまだ十七の小娘だったからねえ。親まで捨てて江戸に出たのに、幾日も暮らさないで別々になるのはつらかったわよ」

自分で自分の身を立てなければならなくなったお加寿は、両国の待合《まちあい》に仲居見習いの勤め口を得ることができた。ところが年明け早々、お加寿は奉公先をしくじった。

座敷の隅で、ひどく吐いたのだ。

「あんた、つわりだろう」

待合の番頭は仲居を見る目も確かだった。

「これだから親許《おやもと》からじゃない娘はいやなんだよ。今日までの給金を帳場で受け取ったら、もう来ないでくれ」

お加寿のつわりは日増しにひどくなり、ひと月も寝込んだ。その間、松次郎からはなにも音沙汰がなかった。浜を出る折りに母親からもらった、わずかなカネも底を尽いた。

「住んでたのは元助店《げんすけだな》という棟割《むねわり》長屋だったけど、一番奥におせんさんて産婆さんが住んでたの。このひとがあたしを手伝いに雇ってくれたのよ。お腹《なか》が大きくなってて動くのもつらかったけど、あのときは嬉しかった」

おせんからもらう手間賃では、食べて店賃《たなちん》を払えば何も残らない。それでもお加寿にはありがたい雇い主だった。

「ところが三月に、あたしが早産で赤ん坊をなくしたのよ。もう何もかもがいやになってねえ、ものも食べずに寝込んでた……」

おせんは取り上げの合間に顔を出すと、親身になってお加寿を気遣った。

「寝て十日目ぐらいのときに、おとっつあんが夢に出てきたのよ。つらくても頑張れって、夢のなかのおとっつあんがやさしい顔をしていたのが、目を覚ましたあとも忘れられなくてさ。おせんさんに泣きながら夢の話をしているうちに……不意にお産婆になろうって気が起きたんだよねえ」

梅雨に入ったら松次郎が訪ねてきた。別々に暮らし始めてまだ一年も経《た》っていないのに、髷《まげ》も変わってすっかり垢《あか》抜けていた。

「会ったその場でぴんときたのよ、これは別れ話に来たなって」

「そんな……ひどいじゃないですか」

「話してみると案の定だったよ」

一乃には答えようがなかった。

「あたしも泣きごとはいいたくなかったから、達者でねって言って帰ってもらった」

すでに三十年以上も昔の話である。

それでもまだこの話をするには早過ぎたのか、お加寿が深いため息をついた。

「いやな思い出を引っ張り出したんなら、ごめんなさい」

「あら、勘違いしないでよ」

お加寿がいつもの口調に戻っていた。

「ちっともいやじゃないんだから」

「だってお加寿さん、すごくつらそうな顔だったから」

「それは一乃ちゃんの勘ぐり過ぎよ。あれは分吉を取り上げたころだったと思うけど、松次郎さんがここに来たのよ」

「八兵衛店に越したの知ってたんですか?」

「元助店で聞いたらしくてさ。そんとき、あたしが松次郎さんの子を早産で亡くしたのも教えられたらしいのよ。何にも知らなくてすまなかったって」

お加寿が明るい声で話している。一乃には明るさの裏に隠された声が聞こえるようで、なんとも切なかった。

「それっきり会ってないけど、ひとの話だといまでは鍵屋の棟梁だって。凄いでしょう、一乃ちゃん」

一乃はうなずくこともできず、お加寿を見ているしかなかった。

「大川の川開きで牡丹が打ち上がると、あれが松次郎さんだと思って見てるんだよ」

お加寿が襟元を合わせ直した。

「これもひとから聞いた話だけど、あのひと、何とかあたしに借りを返したいって、いつも言ってるらしいのよ」

「………」

「お互い五十を過ぎたんだから、貸し借りなんてどうでもいいのにさ。面白いね、男って」

お加寿の想《おも》いがやるせなくて胸が痛くなった一乃は、産み屋からそっとおもてに出た。陽《ひ》が西に傾き始めている。

お加寿の話を聞いているうちに、一乃はたまらなく鉄幹と幹太郎に会いたくなった。こうなるともう自分を止められなくなる一乃は、後先も考えずに長屋の木戸を出た。

いい加減でけえらねえとまずいぜ……。

庄次郎が得月に戻ることを考え始めていたそのとき、一乃が目の前を通り過ぎた。すぐさまあとを追い、小橋の手前で追いついた。

「姐《ねえ》さん、待ってくれ」

一乃が振り返った。夕陽を浴びた一乃の日焼け顔が、艶々《つやつや》と輝いていた。

## 十五

泉水を照らす陽が赤味を帯びていた。

八ツ半（午後三時）ごろまでの庭は、白い日差しに溢《あふ》れていた。入り日が近いいまは、庭の一角を埋める熊笹にあかね色の光がかぶさっている。

平兵衛は、寅吉との出会いを思い返していた昼前と同じ姿勢で庭を見ていた。

「小判五万両を、やっと数え終わりました。一両の間違いもありません」

弥五七の言葉で庭から部屋に目を戻すのも、昼間と同じ成り行きである。

「目方はどれほどだ」

「小判正味で百七十貫、入れ物まで加えますと、二百貫（七百五十キロ）を超えます」

「大した重さだ。それで親船への首尾は？」

「扇橋に戻りました半蔵さんには、九ツ（午前零時）に水門を開くと伝えました」

指図通りに運んでいることを知り、平兵衛が目顔で弥五七をねぎらった。

「中川の船御番所は五ツ（午後八時）に明かりが落ちます。申し合わせ通り五ツ半（午後九時）には三杯の舟で親船に向かうと、漕ぎ手にも申し伝えました」

「あの連中なら、一刻（二時間）もかけずにたどり着けるだろう」

「それだけあれば充分かと存じます」

「江戸にいるのもあと四刻だ。どうだ弥五七、国に戻れて嬉しいだろうが」

「それはもう……」

弥五七が目元をゆるませた。

ロシア人船長が操る大型船は、小名木川河口から五千四百尋《ひろ》（十キロ弱）の沖合いに停泊している。陸からこれだけ離れていれば、公儀の御番船に見つかる心配もなかった。

「寅吉の手の者は残らず帰したか？」

「宣吉と竹次のふたりも、さきほど半蔵さんが連れて出ました」

「若いふたりは知恵が薄そうだが、半蔵に妙な素振《そぶ》りは見えなかっただろうな」

「いささかも」

弥五七の口調にあざけりが含まれていた。

「あの稼業で言う代貸は、いわば番頭です。その男の器量があの程度であれば、寅吉さんを案ずることもございません」

五万両は運び込まれていることで、平兵衛も弥五七の言い分に得心した様子だった。

「離れに集めてある女たちの様子はどうだ」

「お指図通り、好きにさせています。お気になさるようなことは、何一つございません」

「ならばいいが、大事さ加減で言うなら小判と同じだ。気を抜かずに見張らせなさい」

平兵衛の目が凄味を帯びている。弥五七が思わず顔を伏せた。


おあきは屋敷の泉水わきで、ひたすら笹舟を作っていた。見張り役の女から許しを得てのことである。

泉水の周りには熊笹《くまざさ》が茂っていた。

真夜中に舟に押し込まれたおあきは、猿轡《さるぐつわ》に加えて目隠しまでされた。雨の闇夜でなにも見えなかったが、男たちは念入りにおあきの目も塞《ふさ》いだ。

目と口とを解き放たれたのは、どこかの屋敷の風呂場だった。十坪はありそうな檜《ひのき》の湯船から湯が溢れており、洗い桶《おけ》も檜である。二十本を超える百目蠟燭《ひゃくめろうそく》が灯《とも》されており、明るくて檜の香りに満ちた豪勢な風呂場だった。

「そんなに濡れて可哀想に……怖がることはありませんから、お湯につかってあたたまりなさい」

四十見当の女に湯をすすめられても、おあきは身体が固まって動けない。目隠しと猿轡をはずされたことで、さらに怖さが募《つの》っていた。身体中に震えが起きた。

「わたしが番をしています。だれもきませんから安心してお入りなさい」

女の物言いは穏やかだ。なにをされるか分からない怖さは消えないが、雨に打たれた身体は湯のぬくもりを欲しがっている。さらわれて連れ込まれた屋敷の湯を、こころは拒んでいても、身体が勝手に湯殿へと向かった。

おあきの知っている湯は、亀久橋たもとの亀《かめ》の湯《ゆ》だけだ。湯船は石榴口《ざくろぐち》をくぐったなかにあり、暗くて狭い。仕舞い湯近くになると、汚れた湯からは、いやな臭いが立っていた。ところがここは、湯船からさらさらの湯が溢れていた。しかも真夜中だというのに風呂場は明るくて、檜の香りに充ちている。

「手桶にお湯を汲《く》んで、好きなだけおかけになってもいいんですよ」

さきほどの女が、おあきに声をかけながら濡れた着物を畳んでいた。

「あっ、やめてください」

粗末なあわせを他人に畳まれる恥ずかしさに、おあきは前を隠すのも忘れて駆け寄った。女が畳む手を止めておあきを見た。

小さな胸の膨らみの先端には、淡い桃色の乳首が見える。きゅっとくびれた胴回りに、柔らかそうな丸い尻。小高く盛り上がった秘部にかぶさった薄い茂み。

女はおあきの裸体を、品定めでもするような目で舐《な》めていた。

「あっ……」

女の目に気づいたおあきは、慌てて胸と茂みに手を当てた。

「ゆっくりつかっていらっしゃい」

女が翳《かげ》りを含んだ笑顔を見せている。おあきは風呂場に逃げ戻り、湯船に身体を隠した。

湯につかりながら、女の目を思い返した。

お女郎さんにされるのかも知れない……。

自分の身体を品定めされたとおあきは思った。あたたかい湯につかっているのに、震えがとまらなかった。

逃げ出す思案をめぐらせようにも、どこに連れてこられたかも定かではない。

舟に押し込まれたおあきは、雨に打たれながらも舟が進む方角の見当をつけようとした。しかし何度も堀を曲がったことで、見当がつかなくなった。

ひとつだけ定かなことは、舟は桟橋に着けられたのではなく、屋敷の中まで乗り入れたということだった。

屋敷のなかに引き込めるなんてと、男に担がれながらも驚いた。目隠しを外されたら、明るい風呂場が目の前にあった。

湯につかりながらそれらのことを思い返し、途方もなく大きな屋敷に連れ込まれたのだと考えた。

「着替えはここにありますから」

やさしい口調だが、そろそろ湯から出ろと催促されているように聞こえた。

いまはおとなしくしているしかない。

こう思い定めたおあきは、用意された着替えに袖を通した。見張りの女が案内した部屋は、小さな行灯《あんどん》が灯された八畳間だった。

部屋の真ん中には、絹布《けんぷ》の分厚い布団が敷かれていた。

「朝になったら起こしてあげます。それまではゆっくりとおやすみなさい」

寝ろといわれても、寝られるわけがなかった。しかしおあきは、前日からのおかねのお産の手伝いでくたびれ果てていた。それに加えてのかどわかし騒ぎである。不安な心持ちに押し潰されそうになりながらも、いつしか深い眠りに落ちていた。

目を覚ますと雨が上がっていた。

「身繕《みづくろ》いができたら行きましょう。朝の支度が調《ととの》っていますから」

昨夜の女であった。夜中には気づかなかったが、女は左右にめりはりのついた灯籠鬢《とうろうびん》に丸髷で、紺羽二重《こんはぶたえ》にお太鼓結びの真紅帯という身なりである。言葉遣いも大店の御内儀を思わせる品のよさがあった。

このひとは色里の遣手婆《やりてばば》なんかじゃない。ことによればここも、どこかのお大尽のお屋敷かもしれない……。

おあきは行く末になんとか淡い望みをつなごうとした。しかし案内された広間に一歩を踏み入れたとき、ああ、だめだ、と大きなため息をついた。

三十畳の大広間に、朱塗りの箱膳が十五膳並んでいた。おあきの座を除いて、すべて女が座っている。おあきがため息をついたわけは、女たちの身なりを見てのことだった。

着ているものは黒の地味な小紋だが、帯の締めどころが低く、胸元が開いている。髪ははね元結《もっとい》で下げ髪の先を結んでいるか、切り前髪かのいずれかだ。十七歳のおあきにも、ひと目で遊女と分かる身なりだった。

大広間ではおあきのほうが浮き上がって見える。箱膳の前に座ると、無遠慮な目が四方から刺さってきた。

「また場違いな雛鳥《ひなどり》が迷い込んできたよ」

「こんな雛でも、育っちまえば夜鷹になるんだろうけどさ」

あけすけなからかいが、おあきの耳に飛び込んでくる。言葉を出せずにうつむいていたら、座のなかほどから娘が近寄ってきた。

「あたし、おさよっていいます。おなか、すいてない？」

同い年ぐらいの娘に話しかけられて、おあきの肩から力が抜けた。

「ものを食べる気なんかおきないもの」

「だったらお庭に出てみましょうよ、雨も上がったみたいだし」

遊女の目が気詰まりだったおあきに、異存はなかった。女たちの強い睨みを背に感じながら、ふたりは広間から庭に出た。

白くて高い塀に囲まれた敷地の隅に、数奇屋《すきや》風の建物がぽつんと建っている。おあきが立っているすぐ先には幅の広い堀があり、小さな橋が架かっていた。橋の向こうには築山《つきやま》のある庭と泉水、それに小川が見える。熊笹が、雨上がりの陽を浴びて輝いていた。

「あたし、清澄《きよすみ》町代地の久太郎店《きゅうたろうだな》に住むおさよだけど、あなたもさらわれたの？」

「じゃあ、おさよさんも……」

おさよがこっくりとうなずいた。

「おとといの日暮れどきに扇橋の近くを歩いていたら、三人連れの男がいきなり堀から駆け上がってきたの」

「おさよさんも舟に押し込まれたの？」

「そう。すぐに目隠しされたから、どこに連れてこられたのかいまも分からないけど、おあきさんは分かる？」

おあきは力なく首を振った。おさよが小さなため息をついた。

「あたしが神隠しに遭ったと思って、おっかさんきっと、死ぬほど心配してる」

おあきに会えて気がゆるんだのか、話しているうちにおさよが泣き出した。不安であるのはおあきも同じだった。分吉やお加寿がどれほど案じているかと思うと、庭で熊笹を見ているのがつらかった。

「広間のひとたちって、木場で身体を抱かせておあしを稼いでるんだって……あたしたちも、どこかに売り飛ばされるのかしら」

涙で濡れた目でおさよが問いかけてきた。

「大丈夫よ、おさよさん。きっとだれかが助けてくれるから」

おあきは自分に言い聞かせていた。

「立っているだけではつらいから、少し庭を歩いてみましょうよ」

おあきが堀に架かった橋を渡り始めると、おさよもついてきた。橋を渡った泉水べりに立つと、納屋の方から男衆の声が漏れてくる。おあきは耳を澄ませたが、話の中身は聞き取れなかった。

「おさよさん、もう少し向こうまで行ってみましょう」

おあきが納屋に向かって歩き始めた。

「いけません」

熊笹の陰からいきなり女があらわれた。

「庭で遊ぶのはとめませんが、行ってもいいのはその泉水までです」

物腰は穏やかだが、目にはやわらかさのかけらもない。あとをついて歩いていたおさよが立ちすくんだ。おあきが女に近寄った。

「庭の小川に笹舟を浮かべてもいいですか」

おあきの問いに女は目から険を消した。

「お好きなだけおやりなさい。どれほど浮かべても、そとの川に流れ出てくれます」

見張りの女は、平兵衛が落籍させた洲崎芸者である。金離れのいい旦那だと、女は喜んで芸者をひいた。しかし平兵衛のまことの姿を知ってからは、床《とこ》を重ねることを拒んでいた。平兵衛も女の好きにさせている。

床を拒む身勝手は許されても、平兵衛から逃げ出すことは、とうの昔に諦めていた。

女はおあきたちに言い置くと姿を消した。

「おさよさんは、笹舟を作れるわよね」

「もちろんよ。こどものころは横川に浮かべて遊んだもの」

「じゃあ、いっぱい作って」

おあきは熊笹を手折《たお》ると、笹の葉をむしり取った。おさよも同じことを始めた。

「おさよちゃん、百でも千でも作れるだけ作ってね」

「そんなに……どうして？」

「こどものころ、おにいちゃんと仙台堀に浮かべて遊んだの。笹舟に願いごとをすればかなうって、おにいちゃんが言ってたから」

言っているうちに、おあきは気力を取り戻していた。

「おにいちゃんがかならず助けにきてくれるから、元気を出して舟を浮かべましょう」

笹舟は屋敷の小川を伝い、小名木川へと流れ出て行った。

# 十六

早く砂村に行きたくて、一乃は気が急《せ》いていた。天秤棒を担いでいるときなら、呼び止められれば愛想よく振り返る。いまはわずらわしさが先に立った。

「なんでしょう」

「なんでしょうとはごあいさつだぜ。得月の庄次郎だよ」

「ああ、あのときの……さきを急いでるので、いまはごめんなさい」

軽くあたまをさげて一乃は立ち去ろうとした。庄次郎が一乃の前に回り込んだ。

「ちょっと待ちなって。いい話があるんだ」

紙入れを取り出した庄次郎は、寅吉にもらった一分金を取り出した。

「姐さんの野菜をたっぷり買うてえ客がいるんだよ。ほら、これは手付けだぜ」

差し出された一分金を見て、一乃の顔色が変わった。たかが一分で目がくらんだのかと、庄次郎は一乃の変わりようを読み違えたようだ。

「買うてえ客は扇橋の旦那だがよう、いまから行ってみねえか」

一分金と扇橋。

扇橋は小名木川に架かる橋で、大島村につながっている。一乃は迷わなかった。

「行く行く、いますぐ連れてって」

あっけなく女をひとり釣り上げることができて、庄次郎は拍子抜けしたようだ。その顔を見て、今度は一乃が勘違いした。

「どうしたの、気が変わったの?」

「ばかいうねえ。あんたさえよけりゃあ、急ぎ足で行くぜ」

逃げ出す気遣いはないと考えた庄次郎は、女の先に立って足を速めた。平野町の寺町に入って人通りが少なくなると、庄次郎は女がついてきているかと振り返った。驚いたことに男の早足に負けておらず、すぐうしろについていた。

西陽に変わりつつある春の陽が、横川の川面を照り返らせている。見とれそうになる眺めだが、庄次郎は脇目《わきめ》もふらずに足を急がせた。扇橋に着いたときには庄次郎の息が上がっていたが、一乃は平気そうだった。

「毎日歩いているだけあって、姐さんの足は達者だなあ」

「どこなの、旦那というひとの宿は」

一乃は庄次郎の世辞には取り合わず、叱りつけるような訊《き》き方をした。女からこんな調子でものを言われたことのない庄次郎は、むっとして一乃を睨《にら》んだ。

「どうせ寅吉というひとのところに行くんでしょう。もったいぶってないで、さっさと連れて行きなさいよ」

「おめえ、いってえ……」

思い込みをいきなり口にするのは、一乃の特技《おはこ》である。そんなことを知るわけのない庄次郎がうろたえた。そして恐れをなした。

「やめたやめた、さっきの話はなしだ」

庄次郎がくるりと向きを変えた。

「おれもわきに用があるからよう、あとは姐さんひとりでけえってくんねえ」

「あっ、そう……連れていかないつもりね」

一乃が思いっきり深く息を吸い込んだ。

「たすけてえ、だれかきてえ……」

往来で喚《わめ》くことができるのも、また一乃の得意技である。庄次郎が大慌てで一乃の口を両手で塞いだ。

一乃がさらに大声を出した。

「分かったから……いますぐに連れていくからやめてくれ」

庄次郎の答えを聞いてから、一乃は声を引っ込めた。

「まったくとんでもねえ姐さんだぜ」

呆れ声を出したあとで、庄次郎が真顔になった。

「なんで姐さんが寅吉親分を知ってるのかは分からねえが、あすこにへえったら無事じゃあけえれねえ。それを分かってるのかよ」

「平気よ、そんなの」

一乃は気にもとめていない様子である。

「寅吉なんて怖そうな名前つけてるひとって、どうせ太目のちび男なんでしょう」

「ばか言うねえ、六尺の大男だぜ」

庄次郎はその上を教える気がしなかった。それより少しでも早く一乃から離れたいのか、賭場の玄関先で壮六に引き渡すと、すぐに帰ろうとした。

壮六は短髪、股引《ももひき》姿の女が気に食わないらしく、一乃をろくに見なかった。

「玄関先までたあ、愛想がねえぜ。おめえも一緒に上がりな」

帰るに帰れなくなった庄次郎は、仕方なく一乃とともに壮六に続いた。まだ客のいない賭場にふたりを残し、壮六は奥に入った。

「庄次郎が女を連れてきやした」

「数は足りてるだろう」

「へい……」

壮六があとの言葉を口ごもった。

「なんだ、まだ何かあるのか」

「庄次郎のばか野郎、どこで拾ったか知りやせんが、短い髪で股引をはいた、色黒の山出しを連れてきやがったんで」

「おっけえしちまえ」

寅吉の唇がめくれそうだった。

「おれにつなぐまでもねえだろう」

面倒くさそうに寅吉が吐き捨てたとき、廊下でバタバタッと音がした。壮六が素早く身構えたが、すぐに啞然《あぜん》とした顔色に変わった。一乃と、一乃を追う庄次郎とが部屋に飛び込んできたからだ。

一乃は長火鉢の向こうに座る寅吉と目を合わせた。

「やたらに威勢がいいじゃねえか」

一乃の身なりを目にした寅吉が、唇の端をゆるめている。立ち上がろうと身構えた壮六を、寅吉が押しとどめた。

「おあきちゃんを返しなさいよ」

一乃が立ったままで寅吉に詰め寄った。

「あんな素直でいい娘《こ》を、縛ることはないでしょう」

「姐さん、気が昂《たかぶ》ってるようだが……」

成り行きをおもしろがっているような顔で、寅吉が一乃に話しかけた。

「とにかく、座んねえな。おい、座布団だ」

壮六は一枚だけ座布団を持ってきた。寅吉の目配せを受けると、怯《おび》えきった庄次郎を賭場へと引っ張り出した。

「藪から棒にけえせと言われても、わけが分からねえ。姐さんはここを何だと思っていなさるんだ」

「あなたが寅吉さんでしょう」

一乃は相手の言うことを聞いていなかった。

「黙ってないで答えなさいよ。寅吉というのは、あなたなんでしょう」

一乃は敷かれた座布団には座らず、突っ立ったままで寅吉に詰め寄っている。戻ってきた壮六が、後ろから一乃を押さえ付けようと忍び寄った。

「余計なことするんじゃねえ」

寅吉が怒鳴りつけた。振り返った一乃は、壮六を睨みつけてから座布団に座った。

「姐さん、深川の生まれじゃねえな」

禿頭《とくとう》を掻《か》きながら、寅吉は一乃とのやり取りを楽しんでいるようだ。これほど寛《くつろ》いだ様子の寅吉を初めて見た壮六は、どうしていいか分からずその場に座り込んだ。

「深川生まれじゃないからどうしたのよ」

「どうもしねえさ。ただあんたの話し方は、大川の向こうで育った娘さんのようだぜ」

「そんなことを言って、話をはぐらかさないで……おあきちゃんと清吉さんの話をしましょう」

清吉と聞いて寅吉の目が動いた。が、すぐに戻すと、一乃に先を話させようとした。壮六は一乃の後ろで膝《ひざ》を組み直した。

「あっ、分かった」

一乃が股引の膝を打った。

「おあきちゃんも清吉さんも、ここにはいないんだ……だから寅吉さんは、そんな風に落ち着いているんでしょう」

「分かったとは、何がどう分かったんでぇ」

「おあきちゃんと清吉さんに決まってるじゃない。ふたりとも大島村の、おかしな水門のある屋敷で縛られてるんでしょう」

壮六がさらしに手をあてて立ち上がった。寅吉も顔色が変わっている。ふたりの様子が変わっても、一乃は怯《おび》えるどころか、笑顔を浮かべた。

「寅吉さんの探している日記は、わたしがあずかっています。書いていることも全部知ってます」

「なんだと」

「凄《すご》んでも無駄です。わたしが日暮れまでに帰らなかったら、ここにお役人が押しかけるんだから」

「あんたはそれで、こっちを脅しているつもりかい」

「いいえ。そんな気なんか、これっぽっちもありません。だって寅吉さんは、仲間に騙《だま》されてるんだもの」

寅吉の分厚い唇が不気味に膨れ上がった。それを見た一乃は、さらにおもしろがっているような目になった。

「あなたの知らないことまで、わたしにはみんな分かっています。寅吉さん、聞きたいでしょう？」

飛び込んできた女の物怖《ものお》じしない様子が、寅吉にはいままで味わったことのない楽しみに思えた。しかし、寅吉はもう楽しんではいなかった。

仲間に騙されていると言われて怒りが湧き上がった。親分衆から五万両もの小判を集めた寅吉には、騙されているという言葉は、なによりも耳障《ざわ》りだった。

「口が過ぎるぜ、姐さん」

寅吉の声音《こわね》が低くなっている。

「畳まれたくなかったら、知ってることを洗いざらい吐いちまいな」

「なによ……気に入らないこと言われたからって怖い顔をするのは、おとっ……おとうさんと同じだわ。そんな顔しなくても話します。最初からその気できているんだもの」

「うるせえ、この女《あま》。とっとと喋《しゃべ》りやがれ」

後ろから口出しした壮六が、また寅吉に睨みつけられた。

「清吉さんに渡した一分金を、寅吉さんは巧くできた贋金だと思ってるでしょう」

「…………」

「やっぱりね」

返事をしない寅吉の顔色を見て、一乃がひとりで得心した。

「だから騙されてるっていうんです。あれは間違いなく本物です」

「何でおめえに分かるんでえ」

「わたしは日本橋の両替屋の娘ですから」

長火鉢の向こうから寅吉が身を乗り出した。一乃の後ろに座っていた壮六も、寅吉のわきに移って座り直した。

「享保大判に墨書もしたんでしょう。それも五千枚も……」

返事をしない寅吉の目が、一乃の言ったことを認めていた。

「享保大判って、たったの八千枚ぐらいしか造られてないんですよ。何に使うのか知らないけど、五千枚も造ったりしたら、そっちはすぐに贋金だって分かります」

「もしもおれが承知の上でやったことなら、騙してることにはならねえだろうが」

ここまで黙り通していた寅吉に言い返されて、一乃が考え込むような顔になった。が、すぐに元の顔に戻った。

「そうだったとしても、あの一分金は本物です。ほんとうの贋金は、砂村の竹藪でわたしが見つけました」

寅吉がさらに身を乗り出した。

「うちの番頭さんが言うには、あんなに金を混ぜたりしたら、とっても儲けなんか出ないそうです」

一乃は寅吉の目を見て話を続けた。

「どんなからくりかは知りませんが、寅吉さんの仲間は本物のおカネを贋金だと信じ込ませようとしています。そんなことって、おかしいでしょう？」

寅吉が腕組みをして目を閉じた。一乃も口を閉じた。沈み行く夕陽が、部屋の明かりを盗みとってゆく。

目を開いた寅吉は、暗がりに座った一乃を正面に捉《とら》えた。

「けえっていいぜ。あんたに何もしねえでけえすことで、貸し借りはなしだ」

「いやです、そんなのは。おあきちゃんと清吉さんを返してください」

「図に乗るんじゃねえ」

凄む寅吉の目は尖《とが》ってはいなかった。

「ここにはいねえって、おめえがそう言っただろう。よそを探してみな」

「………」

「そっちの連中は、おれほど甘くねえぜ」

一乃は自分なりに寅吉の言ったことを呑み込んだ。さっと立ち上がるつもりが、よろよろっと立った。足の痺《しび》れもあったが、胸の内では寅吉との掛合いに怯えを感じていたのだ。

「いい度胸だ。あんたの若さで怖いものがねえてえのは、てえしたもんだ」

寅吉の言ったことに、一乃が顔をしかめた。

「ひとを化け物みたいに言わないで。わたしにだって、怖いものはいっぱいあるわ」

「ほう……ぜひとも知りてえもんだ」

「へびに蛙《かえる》にみみずに……」

言葉の途中で、寅吉が手を振って一乃を追い出した。

一乃が帰ったあとの部屋は、すっかり暗くなっている。寅吉は行灯も灯《とも》さずに、壮六を長火鉢の前に座らせていた。

「なんでけえしやしたんで……」

「不満そうだな、壮六」

寅吉の顔つきが元に戻っている。さきほどまでの、なんとも言えないやわらかさが引っ込んでいることに壮六は戸惑った。

「親分に不満だなんて、とんでもねえ」

「いいから聞きな」

長火鉢のそばに壮六を呼び寄せた。

「あの女の言ったことには見当違いが幾つもあるが、嘘はねえ。両替屋の娘てえのも、清吉の日記を読んだてえのも本当だろうよ」

「そりゃまあ……」

「おれが畳まなきゃならねえ相手は、ほかにいるてえことだ。女の話でおれにも見えた」

「何がめえましたんで……」

「半蔵を呼びな。おめえも一緒に話がある」

壮六が立ち上がったあと、寅吉は長火鉢の灰をかき回しながら思案を深めていた。

平兵衛たちは親船で択捉《えとろふ》に向かう段取りだが、寅吉にはまるで別の話を聞かせていた。

「松前藩を国替えした翌年に、御上は間宮林蔵《まみやりんぞう》という男を二度も樺太《からふと》に送り込んでいます。ロシア人の鋳造所は樺太にありますが、連中は間宮が来るというので、大慌てで山奥に移したそうです」

間宮は御上に雇われた絵図師だと言われても、寅吉にはまるで聞き覚えのない名だった。

「東廻りの船路《ふなじ》は、陸中、陸前を過ぎると多くの船が行き交っています。ロシア商人は公儀の目を避けるため、廻漕《かいそう》船から三千尋《ひろ》（約五キロ半）も東側を走り、江戸から六日のうちに樺太に着きます」

「樺太とやらへの途中で、御上の船に御用てえことにならねえか」

寅吉の問いかけに、平兵衛はあごをぐいっと突き出した。

「ロシアの船に追い付けるのがあれば、お目にかかりたいものです」

公儀を小ばかにした言い方である。

「わたしも一度乗ったが、時化《しけ》の波を蹴散《けち》らせて走る、化け物のような船です」

見たこともない寅吉は、うなずくほかはなかった。

「樺太は一年中吹雪《ふぶ》いている寒い土地で、湊《みなと》で揚げた小判は山奥まで犬に曳《ひ》かせます」

「なんでえ、犬に曳かせるてえのは」

「寅吉さんはご存知ないだろうが、蝦夷《えぞ》では雪道の荷を犬が曳きます。馬よりも寒さに強くて、小回りもききますからね」

樺太だのロシアの親船だのと見たこともない話が続いた挙句、荷を曳く犬まで出てきた。

賭場の客の目利きは確かな寅吉だが、平兵衛の話は桁《けた》が違いすぎて判じようがなかった。

そんな寅吉の様子を見極めつつ、平兵衛はさらに作り話を続けた。

「あたり一面が凍りつく土地柄ですから、贋小判を作っても人目を気にすることも無用です。五万枚の小判なら六十日で打ち出せるでしょうが、百日後としておけば慌てずに済みますから」

どれほど旨味のありそうな話であっても、寅吉は鵜呑《うの》みにしたわけではなかった。しかし平兵衛から渡された一分金と大判は、日本橋の本両替の目利きをくぐり抜けた。

その下敷きがあるがゆえに話を信じた。

平兵衛は寅吉に集めさせた五万両を、根こそぎ騙し取る気だった。ロシアの親船は本当だが小判を騙し取ったあとは、樺太ではなく、弥五七が育った択捉に向かう算段である。そこを根城にして、ロシアとの抜荷を続けようというのが平兵衛の魂胆だった。

これまでの蓄えに加えて、寅吉が親分衆から集めた五万両がその元手である。

平兵衛も初めは贋金を造ろうとした。

寅吉の手を使わずに彫金《ちょうきん》職人を手当てして、親船に送り込んだ。大型船にはロシア商人が国中の金持ちや寺院から奪い取った、王冠や装飾品を溶解する炉があったからである。

桁外れに高い手間賃につられて集められた職人は、だれもが確かな腕を持っていた。文政一分金の母型も、親船で見事に仕上げた。

鍛冶仕事は金を溶かし慣れているロシア人が受け持った。これも大した腕前で、試し造りの贋一分金は文句なしの出来栄えだった。

ところが贋金に混ぜる金の分量を間違えたために、一分金百枚を造るのに二十二両も溶かしてしまった。儲けはわずか三両でしかない。

さらにもうひとつ、異人だけの船暮らしで気がおかしくなった職人が出た。平兵衛は船から連れ出し、大島村の屋敷で始末をする折りを計っていた。

職人は見張りの隙《すき》を見て逃げ出した。

なんとか取り押さえたのが、おせきの竹藪だった。職人は持ち出した贋金を、つぶてがわりに投げつけて逆らった。

弥五七が加わっていなかったことで、追っ手の連中は職人を捕まえただけで、一分金はそのまま捨て置いた。きつい仕置を恐れた追っ手の面々は、弥五七に一分金のことは一切話さなかった。

職人は始末したものの、平兵衛は贋金造りが割に合わないことを思い知った。そのかわりに、寅吉を嵌《は》める絵図を描き上げた。

「寅吉に音頭《おんど》を取らせて、賭場の親分連中のカネをいただこう」

「しかし旦那様、あの手合いは易々《やすやす》と話を鵜呑みにするとは思えませんが……」

「案ずるな、弥五七。仕掛けを念入りにすれば、あとは寅吉が先に立って動き始める。わたしは五万両を連中から巻き上げるぞ」

平兵衛は弥五七に指図して、千二百枚の文政一分金を手に入れさせた。享保大判十枚も集めさせた。いずれも両替商から買い求めた本物である。

片方で平兵衛は、ロシア商人から二千両分の金を買い求めた。その金にすでに造らせていた百枚の贋一分金を加えて、五千枚の大判を鋳造させた。槌目と極印にばらつきが出たが、平兵衛は気にとめなかった。

大判は五万両の担保として親分衆に渡すもので、市中に出回るわけではない。しかもこの一件においては、寅吉にも加担させる段取りである。

渡世人たちが大判を見慣れていないと断じている平兵衛には、それらしい黄金色《こがねいろ》さえ出せればよかったのだ。

気にしたのは百枚造ったはずの一分金が、八十六枚しかなかったことだ。

彫金職人九人は気のふれたひとりを含めて、全員を始末した。職人たちの荷物のなかから、七枚の贋一分金が見つかっていた。

「残りはおそらく、ロシア人がくすねたものと思われます」

五千枚鋳造の大仕事を請け負わせなければならない平兵衛は、ロシア人を問い詰めることができず、弥五七の見当を呑んだ。

贋一分金の試し鋳造に二十二両。文政一分金と享保大判十枚の費《つい》えが三百九十両。大判五千枚の素《もと》に二千両。都合二千四百十二両の元手を投じて五万両を手に入れる騙《かた》りである。

高い元手を投じただけのことはあり、寅吉は見事に嵌《はま》った。旨い話には疑《うたぐ》り深い渡世人だけに、本両替の受取を手にしたあとは仕掛けの針を喉《のど》の奥まで呑み込んだ。

親分衆を扇橋に招き集めた寅吉は、贋小判で大きな稼ぎをあげようと煽《あお》った。親分衆も本物の文政一分金、文政小判を贋金だと思い込まされ、それを両替商に目利きさせたあとは競い合うようにしてカネを出した。

平兵衛の思惑通り五万両が集まった。その小判はすでに、大島村の屋敷に運び込まれている。

「そうだ、あしたでものおばさん……」

仲町に急いで帰る一乃が、亀久橋の上で大声を漏らした。大きなひとり言を耳にして、橋を歩くひとが一乃から離れた。

駆け出した一乃の後ろ姿を指差しながら、小声のささやきが広がった。

「間に合ってよかった」

一乃が息を切らせて仲町に着いたとき、しじみ売りは筵《むしろ》を抱えて歩き出すところだった。

「どうしたんだよ」

「おばさんの旦那さん、漁師さんでしょう」

「そうだよ。うちのが毎日しじみもアサリも獲《と》ってくるけど……それがなんだよ」

しじみ売りの耳元で、一乃は懸命にことを話した。

「なんのことだか、さっぱり分からないよ。もっとゆっくり話しておくれ」

大きく息を吸い込んだ一乃は、ふうっと吐き出してから、ふたたび話し始めた。

「うん……ほんとうかい、そんなこと……うん、それで……知ってるよ、あたしだって買ったことあるから……そこに行くんだね、分かったよ」

「じゃあ五ツ（午後八時）ごろの見当で行ってますから」

話し終えた一乃は、ふたたび八兵衛店の産み屋まで駆けた。

「どこ行ってたの。みんな心配して、いまから探しに出ようって言ってたとこだよ」

産み屋では嘉兵衛、白龍のふたりも案じ顔で待っていた。

「ごめんなさい。寅吉さんに会いに行ってたものですから」

「えっ……」

三人の口が半開きになった。

一乃は構わず寅吉とのやり取りの始終を話し、おあきと清吉はともに大島村で縛られていると付け加えた。

「うちのひとが縛られてるんですか」

身を起こしたおかねが、不安そうに問うた。

「でも平気よ。これから助けに行くんだし、鉄ちゃんと分吉さんが先に行ってるから」

「一乃さま、どうかそんなことはおやめください。旦那様に顔向けできません」

嘉兵衛が懸命に一乃の袖を引いた。

「平気だって。それより嘉兵衛さんはうちに戻って、おとうさんにここまでのことを話してください」

嘉兵衛は返事を渋った。一乃が目元を引き締めた。

「おとうさんには、お役人だとか、うちに出入りしている目明《めあか》しの親分なんかには、絶対に話してはだめって伝えてくださいね。そんなことをすれば、ことをこじらせるだけですから」

「そう言われましても、旦那様はなにがどうなってゆくのか、心配でなりませんでしょうに……」

嘉兵衛がなんとか思いとどまらせようとしている。一乃も思案顔になったが、白龍を見て顔を明るくした。

「白龍さんが一緒に行ってください」

「どうしてわしが？」

「白龍さんなら日本橋にいても、なにがどう動いているか、占いで見抜けるでしょう。お願いですから、一緒にいてあげてください」

真顔で頼まれた白龍が困り果てた。嘉兵衛も同じ顔つきである。が、ひとたび思い込んだ一乃には通じない。ふたりは追い出されるようにして産み屋を出た。

「いまから砂村に行きます。急ぎ足で行けば、日が暮れるまでには着きますから」

「一乃ちゃんを止めようにも、わけが分からないからねえ」

「うちのひとを助けてください。お願いします、この通りです」

おかねが床の上で手を合わせた。おかねにしっかりとうなずいてから、一乃がお加寿に近寄った。

「とっても大事なお願いがあるんですけど、聞いてくれますか」

「あたしで聞ける話なら、なんでもするよ」

「それじゃあお加寿さん、外で」

産み屋を出て一乃の話を聞いたお加寿は、返事をしないで黙り込んだ。一乃も黙ったままである。日が駆け足で暮れてゆく。

「分かったよ。どう言われるかは分からないけど、話してみるから」

お加寿が返事をしたときには、ふたりの顔が薄闇に溶け込み始めていた。

「砂村に着いたら、おせきさんの旦那さんを迎えに寄越します。お加寿さんは、ここで待っててもらってください」

「うまくいったらね」

頼みごとを引き受けてもらえた一乃は、砂村に向かって駆け出した。わずかな光の筋を西空に残していた陽も、あっという間に沈み落ちた。

一番星が大きく光って夜が始まった。

## 十七

星明かりだけの夜道を提灯も持たずに駆けてきた一乃を見て、鉄幹は眉間《みけん》にしわを寄せた。寅吉に会ってきたと聞いたときには飛び上がった。

「二度とやってくれるなよ」

「はい」

鉄幹の怒りは凄《すさ》まじかった。叱られることは覚悟していたが、目《ま》の当たりにした一乃は語尾が消えそうだった。

「暗くて遠いところに行ったら、おいらやとうちゃんに会えなくなっちゃうんだぞ」

幹太郎が泣き声で文句を言う。一乃はしっかり腕に抱きかかえ、ごめんなさいと小声でこどもに謝った。

「一乃もきたことですから、詳しく話をさせてもらいます」

母屋の囲炉裏《いろり》を囲み、鉄幹・一乃・分吉と、おせき・富蔵の夫婦が座った。みんなの前には分厚い湯飲みと、小皿に盛った梅干しが出されている。幹太郎と庄吉たちは、奥の寝間に追いやられた。


この日の西陽が畑をあかね色に染め始めたころ、幹太郎の案内で鉄幹と分吉が砂村をおとずれた。おせきは慌てて酒肴《しゅこう》を調《ととの》えようとしたが、鉄幹は固辞して竹藪に入った。分吉は堀伝いに小名木川へと出て行った。

何もわけを聞かされなかったおせきと富蔵は、庄吉と幹太郎を庭で遊ばせていた。

先に鉄幹が戻ってきた。分吉は一番星が見え始めたころに、むずかしい顔をして帰ってきた。

「先生よう、なにごとが始まったんだか、聞かせてもらいてえがね」

こらえきれなくなったおせきが鉄幹に問い詰め始めたとき、一乃が到着した。来るなり寅吉の話を始めたことで、聞いた鉄幹が激怒した。おせきは早く事情を知りたくて、尻がむずむずしていた。


「ことの始まりは、おとといの朝、こちらの竹藪で一乃が一分金を拾ったことです」

富蔵の顔色が変わった。しかし行灯ひとつと囲炉裏の火だけの暗がりでは、気づいた者はいなかった。

「わたしが拾った一分金は贋金《にせがね》なんです」

「えっ……ほんとかね」

おせきが息を呑んだ。富蔵は手にした湯呑みを取り落としそうになったが、なんとか持ちこたえた。

「どうしてそんなものが竹藪に落ちていたのか、おせきさんに心当たりはないですか」

「あるわけねえべさ」

おせきが一乃に嚙《か》みついた。

「いっちゃん、まさかうちらが……あっ、そうかね……先生が竹藪にへえったのも、それを探しに行ったんかね」

おせきの口調がさらに荒くなっている。横の富蔵は固い顔で黙り込んでいた。

「そうじゃないの。話の段取りとして言っただけで、おせきさんがどうこうなんて考えるわけないでしょう」

おせきをなだめながら、一乃はここまでのいきさつを聞かせた。

「昨日《きのう》の夜になって、分吉さんの妹のおあきちゃんが、大島村のわるい連中にさらわれたの。そのひとたちが、一分金の贋金をこの近所で造っています」

相変わらず一乃は、思い込んだままの話を聞かせた。

「待ちなさい、一乃」

鉄幹が途中で話をやめさせた。

「確かでもないことを、決めつけてはだめだ。おあきちゃんの居場所は定かではないし、まして贋金のことは、おまえが竹藪で拾ったのが贋金だったというほかは、何ひとつ確かではないだろう」

「どうして鉄ちゃんには分からないのよ。おあきちゃんはこの近くにいるって、寅吉さんも言ったんだから」

「おまえから聞かされた限りでは、寅吉さんはここだとは言ってないはずだ」

ふたりのやり取りに分吉が割り込みたがっている。一乃が目ざとく気づいた。

「どうしたの、分吉さん」

「一乃さんの言う通り、おあきはいる」

「いるって……ほんとうにこの近所に？」

だれよりも一乃が驚いた。

「様子は分からねえが、いるのは間違いねえ。日暮れのめえに、小名木川まで行ってみたんだ。うろ覚えの、親父の話を頼りにさ」

「妙な水門のあるお屋敷のこと？」

一乃の問いに分吉がしっかりとうなずいた。

「あったんだよ、たけえ白塀に囲まれた、ばかでけえ屋敷が」

ごくりと音を立てて茶を呑んでから、分吉が話を続けた。

「親父の言ってた妙な水門てえのがねえかと、その塀をたどったら……塀の端から三間《げん》ばかり手前に、内側に開きそうな水門がこさえてあった」

「やっぱりわたしの言った通りでしょう」

胸を反り返らせる一乃を抑えて、鉄幹は先を促した。

「塀の目塗りにはかけらの隙もねえし、日が暮れかかってて分かりにくかったが、おれも左官だしさ。しっかり見つけたよ」

「でも分吉、水門があったからと言って、おあきちゃんがいるとは限らないだろうが」

疑問を投げかける鉄幹を、一乃が肘《ひじ》で突っついた。

「笹舟が川岸の葦《よし》に引っかかってたよ」

「なんだ、笹舟とは」

「ガキの時分には、おあきと一緒に仙台堀で笹舟を流して遊んだんだ。笹舟はおあきがこさえたものに間違いねえ」

分吉が五つの笹舟を囲炉裏に並べた。みんなの手が笹舟に伸びた。

「どれも葉っぱの先を内側に折ってある。おれがあいつにおせえた作り方だ、おあきは間違いなくあの屋敷にいる」

それを聞いた一乃が右手をこぶしにして、結んだり開いたりを始めた。鉄幹が一乃の正面に向き直った。

「おまえはまだ、おれたちに話していないことがあるんだろう」

「…………」

「嘉兵衛さんかお加寿さんかに、何か指図をしてこなかったか……おい、一乃、そんなことをしていないで、きちんと答えなさい」

「なんで分かったの、鉄ちゃん」

「ばか野郎、ときをわきまえろ」

かどわかしと贋金の話のさなかである。ほかのひとの手前もある鉄幹は、一乃を思いっきり怒鳴りつけた。

「そんな声だすこともねえべ。内輪で揉《も》めるより話が先だと思うがよう……そうだろ、いっちゃん」

おせきのとりなしで一乃が神妙にうなずいた。それを見て、富蔵が肚《はら》を決めたような顔つきで口を開いた。

「おらもめっけただよ、いっちゃんと同じ一分金をよ。おらの方が一日ばっかはええけんど、あれも贋金だべなあ」

「あんた、なんで黙ってたね」

おせきが亭主に向かって目を剝《む》いた。

「そんなこと、なんも言わねえでねえか。どこやったんだ、そのカネを」

土間に飛び降りたおせきは、火吹き竹を手にして富蔵に殴りかかった。分吉がおせきを羽交《はがい》締《じ》めにしてとめた。

「このばかたれ。まだ懲《こ》りねえのかよう」

「落ち着いてください。内輪揉めより話が先だと、おせきさんが言ったばっかりじゃないですか」

「これは別だ」

鉄幹の言葉が耳に入らないおせきは、分吉の腕の中で暴れている。

「いい加減にしろ。ちったあ妹のこともかんげえてみろい」

背後から分吉に怒鳴られて、振り回していた腕がおろされた。おせきの気が鎮《しず》まったところで、鉄幹が口を開いた。

「なんにも省かずに、初めからもう一度きちんと話をしてみなさい」

一乃への物言いが穏やかになっていた。

「分かりました。でも鉄ちゃん、途中でなにか言ったりしないでね」

鉄幹を渋い顔でうなずかせてから、一乃が話し始めた。話があっちに飛び、こっちに飛びするごとに鉄幹の口元がひくひくと動いたが、なんとか思いとどまっていた。

寅吉の宿で交わした話。仲町でしじみ売りに頼んだこと。そして出がけのお加寿への頼みごと。これらの話を聞き終わったあとは、分吉、おせき、富蔵までもが口をあんぐり開いていた。

「お加寿さんは、そんな頼みを本当に引き受けてくれたのか」

「話が巧《うま》くついたら、産み屋で一緒に待っててくれるって」

ここまで言いかけて一乃が慌てた。

「富蔵さんは八兵衛店を知ってますよね」

「あたりめえだ。おれが野菜運んでったこと、あんた忘れたってか」

富蔵が鼻を膨らませた。一分金にかかわるおせきとの揉《も》めごとは、一乃の途方もない話を聞いているうちに治まっていた。

「お願いしてわるいんですが」

「分かってるって。おれが迎えに行きゃあいいんだべ」

立ち上がった富蔵が、鴨居から提灯をおろした。紋の代わりに丸に庄の字が書いてある。

「うちから車を引っ張ってたがいいよ。うまく話がついてたら、手だけで運ぶのはえらいんでねえか」

おせきの機嫌も直っていた。富蔵はおせきの言い分を聞き入れ、庭の車をひいて八兵衛店に向かった。

富蔵が出たあとで話の続きが始まった。

「それで一乃、しじみ売りのご亭主はどうするんだ。ここまできてくれるのか」

「そうよ。おせきさんは、仲町でしじみを売ってるおばさんを知ってるでしょう」

「ああ知ってるさ、おさださんだろ」

「あのひと、おさださんて言うんですか」

「なんだそりゃあ……いっちゃん、なめえも知らねえひとに頼み込んだのかね」

おせきが心底からの呆《あき》れ顔になった。

「八右衛門《はちえもん》新田の川っぷちに住んでる川漁師だがね。さっきの話だと、旦那が舟でくるってかね？」

名前も知らない相手に、夜の川に舟まで出せと頼んだことを知って、鉄幹が絶句した。

「鉄ちゃん、そんな顔しないで。今夜しか、おあきちゃんを助けられるときがないんだから……本当だって」

「なぜ今夜だと分かるんだ」

「寅吉さんと話しててそう感じたんだもの、わけなんかありません。わたし、鉄ちゃんのようにうまく話ができないんだから」

囲炉裏の薪《まき》がバチバチッと爆《は》ぜた。

「ねえ鉄ちゃん、今夜だけは、幹太郎と同じようにわたしの言いたいことを分かって」

一乃が言えば言うほど、鉄幹の顔が曇ってゆく。分吉はものも言わずに、囲炉裏の火を見詰めていた。

「それに寅吉さんだって、いまは騙されたって分かっているんだもの……あのひとたちだって、かならず今夜やって来るわよ。お願いだから、わたしの言うこと聞いて」

一乃が口を閉じたら、囲炉裏の周りが静まり返った。自在鉤《じざいかぎ》に吊るされた湯沸かしから、白い湯気が立ち上っている。

「分吉。一乃に任せてもいいか」

「おれは文句ねえよ。一乃さんが言ってた通り、おあきは大島村にいたしさあ。一乃さんに任せようぜ」

男ふたりが交わす話を、おせきと一乃が顔を見合せながら聞いていた。

## 十八

一乃の頼みを引き受けたお加寿は、両国横山町に向かった。深川から横山町をおとずれるには、両国橋を西に渡ることになる。

三十年以上ものときをおいて、お加寿は初めてひとに松次郎のことを話した。話したその同じ日に、両国橋を前にして渡るのをためらっていた。

平塚の浜を出た日のこと、割り下水の裏店、つわりでしくじった待合……。

橋を目の前にして、お加寿は過ぎ去った日々の想い出に揺さぶられた。

「なんでえ婆《ばあ》さん、橋の手前で立ち止まるんじゃねえ。どうしたよ、どっか気分でもわるいのか」

「あっ、ごめんなさい」

お加寿がわきによけた。

あたしはもう婆さんと呼ばれる歳《とし》になっている……怒鳴られた言葉があたまのなかを走り回った。が、哀しくはなかった。

この歳まで産婆として、産み屋のあるじとして、ひとに喜ばれて生きてきた。いまもまた、若い娘に頼られてここまで出てきた。

あたしに出来ることなら、やるまでさ。

足に勢いが戻ったお加寿は橋を一気に渡り、見世物小屋の人ごみを通り抜けた。

四月初旬はまだ花火の季節には遠い。鍵屋に着いたときには、すでに閉まっていた。

「ごめんください、お願いします」

分厚い板戸を何度も何度も叩いているうちに、なかから物音が聞こえてきた。

「本日はもう店じまいでございます。御用であれば、明朝にしていただきたいのですが」

「深川冬木町からやってまいりました。夜分《やぶん》にご面倒ですが、こちらの松次郎さんに急用でして。なんとかお取次ぎ願えませんか」

ガタガタッとものをどける音がして、店の潜《くぐ》り戸が内側に開いた。顔を出したのは鍵屋の手代らしかった。

「棟梁に御用がおありとか」

「冬木町のお加寿と言ってくだされば、松次郎さんは分かるはずです。差し迫ったことなものですから、お願いできませんか」

棟梁を松次郎さんと呼べるひとは……手代の顔がもの問いたげだった。が、しつけの行き届いた大店の手代は、その上を問い質《ただ》すことをせず、店に入った。

潜り戸がふたたび閉じられたことで、お加寿は店の外に取り残された。

きれいな星空だが月はない。お加寿が夜空をぼんやり見上げていた、そのとき。

静まり返った広小路《ひろこうじ》に、引き戸を開く音が響いた。蔵の下にあらわれた人影が、お加寿に向かって駆けてくる。

暗くて顔は見えないが、人影には見覚えがある……お加寿の動悸《どうき》が高まった。

歳は重ねていても、見間違えようのない男だった。

「ようこそ、たずねてきてくだすった」

低い声の調子には、隠しようのない棟梁の貫禄《かんろく》が含まれていた。

お加寿からは声が出ない。松次郎もあとの言葉が続かず、ただ、見詰めるだけである。

「ごめんなさい、呼び出したりして」

お加寿がやっとの思いで口にした言葉がこれだった。

「そんな水くせえことを。よかったら、なかにへえってくだせえ。蔵のわきなら、腰のおろせる場所もある」

ぎごちなさがほぐれぬまま、ふたりは連れ立って鍵屋の敷地に入った。蔵とは火薬蔵である。表の通りにひとの姿はなかったが、鍵屋のなかでは何人もの若い衆が、揃《そろ》いの半纏《はんてん》姿で立ち働いていた。

鼻をつく強い匂いをかいで、お加寿が鼻をくすんと鳴らした。

「梅雨にへえるめえに、目一杯の仕込みがいるんでね。毎年いまの時期は夜鍋《よなべ》続きさ」

仕事場に入ると、松次郎の口調が変わった。表で言った通り、蔵のわきには縁台が並んでいた。仕掛かり途中の花火が、何個も並べられている。松次郎はそれらをていねいにわきに寄せて、お加寿の座る場所を拵《こしら》えた。

「差し迫った話があるとか藤吉《とうきち》が言ってたが、構わねえならすぐに聞かせてくんなさい」

促されても、お加寿は切り出せなかった。松次郎は焦《じ》れずに、やさしい目を向けている。その目に引き出されるようにして、お加寿の口から言葉が出始めた。

「今夜、花火を打ち上げてください。それも、できるだけ大きな音がするものを」

ここまで言ったお加寿が、大きく息を吸い込んだ。

「ひとの命がかかっているんです。無理なことは重々承知の上の頼みです、なんとか聞き入れてもらえませんか」

松次郎から返事は出なかった。

腕組みをしたり、両手で顔をこすったり、何度も大きな息を吸ったりはしたが、口は閉じたままである。縁台の足元の小石を拾い、ぽいっと用水桶に投げ込んだ。

「ひとの命てえのは、お加寿さんとどういうかかわりのひとなんで」

「同じ長屋の、十七になる娘です。その子も分吉というおにいちゃんも、あたしが取り上げました」

松次郎から相槌《あいづち》はなかったが、話の先を聞きたがっているのは分かった。

「昨夜《ゆうべ》、その子がさらわれました」

「さらわれたって、だれの仕業《しわざ》だか分かってるてえのか」

「大島村のどこかで縛られてるらしいの」

聞かされたままを松次郎に話したが、一乃の話には幾つも大きな穴があった。

なぜ花火がいるのか。

この肝心なところが、お加寿にはうまく話せない。それでもつっかえながら、花火の打ち上げをぜひに、と頼み込んだ。

「その子の居場所が分かってるなら、お役人に頼んで取り押さえてもらえば済む話だ。なにも法度《はっと》破りまでして、時季はずれの花火を打ち上げることはねえだろう」

松次郎が咎《とが》めるような口調でお加寿に答えた。お加寿の顔に、気落ちしたような色が浮かんだ。

「松次郎さんは、もう裏店のひとではなくなったのね」

「どうしてそんなことを」

「長屋暮らしを忘れてなければ、お役人をあてにするようなことは言わないでしょう」

松次郎が、うっ……と息を詰まらせた。

お加寿はそれっきり口をつぐんだ。聞こえるのは、蔵のわきを行き交う職人たちの話声だけである。

しばらくふたりは黙っていたが、松次郎が首の手拭《てぬぐ》いを手にして立ち上がった。

「勘弁してくんなせえ。棟梁とおだてられる暮らしに浮かれて、つまらねえことを口にした。面目《めんぼく》ねえ、ちょいとあたまを冷やしてくる」

お加寿に深々とあたまをさげた松次郎は、蔵に向かって歩いて行った。

松次郎は蔵のなかで火薬の匂いをかいでいた。これをやれば気持ちが落ち着くのだ。

お加寿に言われたことで、松次郎は忘れかけていた昔を思い出した。

なんとしてもお加寿に借りを返してえ。

念仏のように毎日こころのなかで唱えていたつもりだったが、それは上辺《うわべ》だけのごまかしだったと思い知った。

いまの松次郎は鍵屋の棟梁として、両国界隈《かいわい》では横丁の飲み屋でも名が通っていた。どんな大店でも番頭が出迎えてくれるし、松次郎があたまをさげなくても、先に立って用を足してくれる目明《めあか》しも数多くいた。

知らず知らずのうちに、それをあたりまえとして暮らしていた。

ところがお加寿は表通りには背を向けて、いまだに裏店で産婆を続けている。しかもおのれの欲得とはかかわりのない他人の難儀に、いまだに汗を流していた。

頼みごとに顔を出したのは、よくよく思案の末だろう。それをこころない言葉で踏みにじった。松次郎は深く悔いた。

そのかたわらで、もしも勝手に花火を打ち上げたらどうなるかをも考えた。

勝手に花火を打ち上げたりしたら……。

きついお咎めはまぬがれない。

まともな花火を造れるのは大名お抱えの職人か、鍵屋か玉屋《たまや》ぐらいである。御上が本気の詮議《せんぎ》を始めたら、だれが打ち上げたかはすぐに調べがつく。そうなれば松次郎は逃げられない。死罪とまでは言われなくても、二度と花火職人には戻れないだろう。

鍵屋にもひどい難儀を押しつけてしまう。

蔵の中の松次郎は、それでもお加寿の頼みを聞き入れる肚《はら》を決めた。蔵を出たときの足取りには、いささかの迷いもなかった。

「その一乃てえひとは、火よりも音が欲しいと言ったのかい?」

「松次郎さん……引き受けてくれるの?」

勝手に花火を打ち上げたりしたら、きつい咎めを受けるのではないかとお加寿は案じなから両国橋を渡ってきた。いまでもその心配は消えていない。

ところが松次郎は笑いかけてきた。遠い昔に、平塚の浜で何度も見た笑顔と同じだ。

胸が詰まったお加寿が鼻をぐすんと鳴らすと、松次郎が首に巻いた手拭いを差し出した。

「ありがとう、松次郎さん」

「礼はもう聞かせてもらったよ。それよりおれの問いに答えてくれ。一乃さんてえひとは、火よりも音が欲しいてえのか」

「そうは言わなかったと思うけど、とにかく大きな音が欲しいって」

答えを確かめた松次郎は、何を打ち上げるかを決めた顔でお加寿を見た。

「三段雷《さんだんらい》の牡丹《ぼたん》てえ、新しいのができたんだ。花火屋が言う雷《らい》てえのは音のことだ。こいつなら、五十丈（約百五十メートル）の空から、腰が抜けるほどの音が三発続けて降ってくる。三つも上げりゃあ、江戸中に聞こえるさ」

「松次郎さん……」

「任せてくれ。支度を済ませるあいだ、わるいが外で待っててくんねえ」

笑顔を残して、松次郎は蔵に入って行った。

お加寿が富岡八幡宮の方角に向かって御礼の辞儀をしているとき、松次郎が出てきた。

「待たせたぜ」

背中に大きな行李《こうり》を背負い、左脇には長い筒を抱えている。お加寿を促して両国橋に歩き始めると、職人がふたり、松次郎を追ってきた。

「棟梁、ひとりだけで行く気ですかい」

「あっしにも助けさせてくだせえ」

職人たちに振り返った松次郎は、通りの端に呼び寄せた。

「ただじゃあ済《す》まねえのは、おめえたちも分かってるだろう」

「ですから、あっしらが」

「黙ってききな」

松次郎が職人の口を押さえた。

「おれが抜けてもおめえたちが残ってりゃあ、鍵屋はどうにでもなる。気持ちはもらうが、ついてくるのは許さねえ」

「御上が四の五の言ってきたら、知らぬ存ぜぬですっとぼけやしょう」

「そんなことでは通らねえのは、だれよりおめえたちが分かってるだろうがよ」

「ですが棟梁……」

「いいからけえれ。おれの代わりに、夜鍋の指図を頼んだぜ」

言い置いた松次郎が、お加寿を促して歩きだそうとした。職人のひとりが、松次郎の前に回りこんできた。

「だったら棟梁、筒だけは数を持ってってくだせえ。一本だけじゃあ安心できねえから、ちょいっと待っててくだせえ」

鍵屋に駆け戻った職人は、同じ筒を二本抱えて飛び出してきた。

「どこへ行きなさるか分からねえが、棟梁ひとりじゃ持てねえ。善公《ぜんこう》は残しやすが、あっしは筒だけでも一緒に持たせてくだせえ」

「…………」

「置くだけ置いたらけえりやすから」

職人の言う通りだった。一本の筒では、続けて打ち上げることもできない。

「ありがとよ、孝次郎《こうじろう》。おめえに甘えるが、冬木町までだぜ」

お加寿を気遣いながらも、男ふたりが夜道を急いでいる。お加寿は小走りを続けた。

## 十九

松次郎たちが両国橋を東に渡っているころ、寅吉の宿では代貸の半蔵と壮六とが、寅吉の前でかしこまっていた。

日暮れ前に一乃を帰したあと、寅吉は半蔵、壮六を前にして平兵衛との一件を振り返った。

「御上がご改鋳で、派手に掠《かす》りを抜いているという田舎大尽の与太話《よたばなし》に、まんまと引っ掛かるところだった」

夜の大掛かりな出入りを考えている寅吉は、酒ではなく熱い番茶を呑んでいた。

「庄次郎が引っ張ってきた両替屋の娘のおかげで、松前屋が描いた絵図がはっきり見えた。

話の辻褄《つじつま》も合っている」

その場に居合わせなかった半蔵は、寅吉の話していることが分からず戸惑っていた。

「おめえが本両替に持ち込んだ一分金も大判も、本物だったてえことだ」

「親分は……松前屋に嵌《は》められたと？」

「間抜けな話だが、ここまでは一杯食わされた。あの熊野郎は、五万両を巻き上げようてえ騙《かた》りを仕組みやがったのよ」

怒りが煮えたぎっているはずだが、茶を呑む寅吉の様子は不気味なほど静かだった。

「突き当たりまで行く手前で、両替屋の娘が絵解きをしてくれた。あれを連れてきた庄次郎はお手柄だぜ」

「松前屋の野郎、ただじゃおかねえ」

本両替に足を運ぶたびに肝を冷やした半蔵が猛《たけ》り立った。

「いますぐ、銭を取りけえしに乗り込みやしょう」

「慌《あわ》てるんじゃねえ。乗り込むのは雑作《ぞうさ》もねえが、取りけえした五万両をどうやって持ちけえるんだ」

「舟を使いやしょう」

半蔵が分かりきった答えを口にした。

「大島村の近所には猿江の材木蔵があるし、川の先には中川の番所が控えてる。連中が起きているうちに騒ぎを起こしたら、役人がすっ飛んでくるだろうよ」

寅吉が赤黒い唇を見せている。口調は抑え気味でも、虚仮《こけ》にされた怒りが深いところで沸き立っているようだ。

「おい、半蔵」

「へいっ」

「おめえには九ッ（午前零時）に水門を開くと言ったんだな」

「まちげえなく、そう言いやした」

「あの野郎のことだ、たっぷり手前の四ッ（午後十時）ごろには屋敷をずらかる算段だろう。すぐに出入りの支度を整えて、番所が閉まる五ッ（午後八時）を過ぎたら舟を出せ」

寅吉から指図をされたのが日暮れ前だった。

「かれこれ六ッ半（午後七時）の見当でやすが、親分はどうされやすか」

「おめえたちと一緒に、大島村に押しかけるに決まってるだろう」

ここ何年も、寅吉がみずから出入りに出向くことはなかった。六尺の上背《うわぜい》がある寅吉は、素手で相手の首をへし折るのが得意技だ。

寅吉が出張《でば》ると聞いて、半蔵と壮六の顔が張り詰めた。

「お誂《あつら》え向きに、今夜は月がありやせん」

何度も出入りをくぐってきた壮六が、手元の長脇差《ながドス》を握り締めた。

「水門を開けて、つらあ出したときが見物《みもの》ですぜ」

「おめえの言う通りだな」

寅吉の唇がいつになく濡れていた。

大島村の屋敷では大柄な男が三人、小判の詰まった木箱を、底が平らで喫水《きっすい》の浅い平田《ひらた》舟《ぶね》に積み込んでいた。

本来なら、三杯の艀船《はしけぶね》を用意する手筈《てはず》だった。ところが昨日になって、屋敷の堀に艀は入り切らないことが分かった。急ぎ弥五七は佐賀町の廻船《かいせん》問屋まで、船頭なしで平田舟を貸して欲しいと掛け合いに出向いた。

「ほかでもない松前屋さんの頼みだから聞きますがねえ……この舟では小名木川から外には出られませんし、船頭なしでこれを操れますか？」

問屋の手代は渋ったが、五両の心づけを手渡されたあとは文句を言わずに舟を貸した。

平田舟は石垣運びに用いる舟だ。船底が平らなため手代が危ぶんだ通り、わずかな波でもひっくり返る。

しかし択捉で育った弥五七は、荒海を相手に舟を操ってきた。北の海に比べれば、小名木川など池も同様である。日が落ちる六ツ（午後六時）まで待って水門を開き、屋敷の堀に漕《こ》ぎいれた。

江戸城の石垣でも積める舟である。二百貫の小判に二人の漕ぎ手、それに平兵衛と女を含む総勢二十八人ならなんとか乗れると、弥五七はむりやりの見当をつけた。

おあきも清吉も数に含まれていた。

「弥五七、露助たちがなにか怒鳴ってるんじゃないか」

座敷から小判の積み込みを見ていた平兵衛に言われて、弥五七は舟のそばに降りて行った。すでに闇に包まれており、平田舟の周りには三丁の高張提灯《たかはりぢょうちん》が立てられていた。

ロシア人とのやり取りを終えた弥五七は、すぐさま座敷に取って返した。

「喉が渇いて、腹が減ったと文句を言っております。少し休ませたいと存じますが」

「ずいぶん声高《こわだか》に、おまえの指図に逆らっているように見えたぞ」

「六ツ過ぎから働きづめなものですから、いささか気が立っているようでございます」

「そうか……見たところ、積み込みも間に合いそうじゃないか」

「今夜で江戸を離れられることを喜んで、連中も張り切っていましたから」

「だったら休ませなさい。ただし弥五七、酒はいけない」

これだけ言い置いて平兵衛は座敷を出た。あるじにあたまをさげた弥五七のひたいから、何粒もの汗が落ちた。

ロシア人が怒鳴っていたのは、まるで違うことだった。

「荷物が重すぎる。これに漕ぎ手を含めて二十八人もが乗ったりすると、とても海には出られない」

舟も海も知り尽くしているロシア人の漕ぎ手たちは、弥五七の指図を拒んだ。

弥五七も胸のうちでは案じていたことだが、いまさら舟の都合はつけられない。

「これ以上は用意できない。なんとかしろ」

「だったらおれたちは舟を漕がない」

ロシア人は一歩も退《ひ》かなかった。

「分かった。乗せる人数を減らすから」

あるじが遠目に見ているのが分かっている弥五七は、ロシア人にも嘘をついて収めた。大丈夫だ、奴等《やつら》ならなんとかする……胸のうちで強くつぶやき、弥五七はくすぶる不安を押し込めた。

お加寿たちが産み屋に戻りついたとき、富蔵はすでに待っていた。

「いっちゃんに言われて、花火屋さんを迎えにきただよ。あんた、お加寿さんだろ」

大きくうなずいたお加寿は、富蔵と松次郎とを引き合わせた。

「外に車があったべさ。あれに乗せりゃあ、筒三本ぐれえわけねえって」

「それはそうだが、揺れが心配だ。筵《むしろ》かなにか、筒を包むものはねえか」

「だったら布団で包んでください。それなら平気でしょう」

「だっておめえ、そいつあおめえの商売もんだろうがよ」

松次郎の口調が、ともに暮らしていたときのものに戻っている。

「布団の一枚や二枚、なんでもないから」

お加寿は嬉しそうに首を振った。

冬木町に着いたら帰ると約束した孝次郎だったが、やはり砂村まで行くと言い張った。

松次郎は長屋の木戸まで引っ張り出した。

「どうなるか分からねえが、もしものときは鍵屋を頼んだぜ」

これだけ言うと、孝次郎を木戸の外に押し出した。渋々歩き始めた孝次郎が橋の先の闇に溶け込むまで、松次郎は木戸口から離れなかった。わきにお加寿が立っていた。

「じゃあ、戻って出かけるぜ」

八兵衛店の路地には、朝方の雨のぬかるみがまだ残っている。よけようとした松次郎が身体を移したところに、お加寿がいた。ふたりの身体が重なった。

「あっ、すまねえ」

「…………」

「おめえにひでえ想いをさせてまで所帯を持った女とは、とうの昔に別れたよ」

きまりがわるいのか、松次郎の口調がぶっきらぼうだ。

「この十何年、おれもひとり者《もん》だ」

それだけ言うと、松次郎は先に産み屋へと戻って行った。富蔵は布団に包んだ三本の筒を積み終えていた。

「急がねえと、いっちゃんがじれて待ってってからよう」

富蔵が追い立てた。松次郎はお加寿に笑いかけただけで、なにも言わずに行李《こうり》を背負った。

「松次郎さん」

歩きかけた松次郎が振り返った。

「ほんとうにありがとう……」

お加寿が顔の前で両手を合わせた。

もう一度にっこり笑った松次郎は、富蔵の後ろについて木戸へと向かった。

「ありがとうございます」

松次郎の後ろ姿に手を合わせている。姿が見えなくなると、お加寿は空を見上げた。

満天を埋め尽くした星空だった。

「一乃ちゃん……あんたのおかげで松次郎さんと会えたけど、あのひとに何かあったら一乃ちゃんを恨むから……」

つぶやいたお加寿の両目が、いまにも涙で溢れそうだった。

二十

木三郎が黙り込んで座っていた。八兵衛店から戻った嘉兵衛から、この日の顚末《てんまつ》を聞かされたからである。

寅吉の賭場に一乃がひとりで乗り込んだ次第を話すとき、嘉兵衛はそれなりの肚《はら》を決めていた。よくても厳しい叱責《しっせき》、暇《ひま》を出されても仕方がないと覚悟の上だった。

ところが木三郎は声を荒らげるでもなく、膝に手をおいて考え込んでいるだけだ。

あるじはいまなにを思っているのかと、嘉兵衛は落ち着かない。そんな番頭の気配を感じ取ったのか、木三郎が目を開いた。

「何度思い返してみても、信じられないほどの僥倖《ぎょうこう》が重なったとしか思えない」

木三郎は口を開くのも億劫《おっくう》そうだ。

「まことに左様《さよう》でございます」

「左様でございますだと?」

懸命に抑え込もうとしていた木三郎の深い怒りに、番頭の相槌が火をつけた。

「あれに無茶をさせないために、おまえをつけたのじゃないか。それがこともあろうに、渡世人の元へひとりで出すとは……」

口を開いたことで、木三郎の怒りの歯止めが外れた。

「挙句の果てに、一乃に追い出されておめおめと帰ってくるなど、間抜けにも念が入り過ぎている」

木三郎のこめかみが激しく引き攣《つ》っている。ひとたびこれが始まると、しばらくは治まらなくなるのだ。

いつもの木三郎は、商いの判断も奉公人の扱いも、的確で公平である。厳しい叱責をされても、理にかなっているだけに奉公人も素直に従った。

ところが一乃のことになると、木三郎はひとが変わる。口で娘をあしざまに言うことを鵜呑《うの》みにすると、あとでひどい目にあった。

これをわきまえている嘉兵衛は、一乃の話をするときには、薄氷《うすごおり》を踏む思いで言葉を選んできた。

しかしこのたびの一乃のことは、言葉で取り繕《つくろ》いようがない。あたまをさげたままでいたら、木三郎は白龍にも矛先《ほこさき》を向けた。

「あんたもそうだ」

奉公人を叱るのと同じ調子で言われて、さすがに白龍は目元をしかめた。木三郎は構わなかった。

「ただここに座っているだけで一乃がこれから何をしでかすのか、本当に見通せるとでも言うのかね。あんたの益体《やくたい》もない占いを聞くぐらいなら、泉水の鯉の跳ね具合で判じたほうが、まだましだ」

易をけなされて憮《ぶ》然《ぜん》とした白龍は、きつい目で上得意客を見た。

「もとはと言えばあの鉄幹という男だ」

気の高ぶりが治まらない木三郎は、ついに鉄幹にまで言い及び始めた。

「あんな男と所帯を構えたりするから、あれが野菜を売り歩く羽目になるんだ。深川くんだりの裏店に住みさえしなければ、このような目にもあわずに済んだ」

ここまで言ったところで、木三郎は番頭の様子がいつもと違うことに気がついた。

「どうした嘉兵衛、わたしがなにか間違ったことを言っているか」

「いささか、存念《ぞんねん》がございます」

嘉兵衛が異を唱えるなど、一度もなかった。木三郎が口を閉じて番頭を見た。

「一乃さまをおとめできなかった責めは、いかようにも受けさせていただきます」

「それで?」

「昨夜と今日、てまえは一乃さまの住んでおられる八兵衛店にまいりました。そちらでの一乃さまは、旦那様がご存知の一乃さまではなく……どう申しますか……まことに地に足の着いたご新造《しんぞ》様で、なおかつ母親でもあると、てまえは感じ入りました」

「分かったようなことを言いなさんな」

「そうお怒りにならずに、てまえにも話をさせてください」

いまの嘉兵衛には、あるじに立ち向かう気迫があった。木三郎はその上の口を閉じた。

「てまえは小僧以来、本多屋の商いしか存じません。お得意先はいずれも大店ばかりで、口をきくお相手もそれなりの方々でございます。その暮らしを、かれこれ四十年は続けてまいりました」

嘉兵衛はひとことずつ、自分で嚙み締めるようにして話した。

「本多屋でのご奉公を続けているうちに、おカネにばかり気を払い、ひとを見ることから遠ざかっていたようで……両替屋の番頭として、まことに面目なく存じます」

「おまえの話がよく呑み込めないが」

木三郎は怪訝《けげん》な表情ながら、口調はわずかに和《やわ》らいでいた。

「一乃さまは、旦那様がお考えになられますよりも、はるかにひとも物も見抜けるお方です。傍目《はため》には途方もなく見えましても、一乃さまには辻褄が合っているのです」

「それはおまえの買いかぶりだ」

あるじの言ったことに、嘉兵衛は強く首を振った。

「おひとりで乗り込まれたのも、一乃さまなりに折り合いがついていたはずです。賭場を束ねる男が手出しをしなかったのも、一乃さまのご気性がそうさせたのです。あの手合いは、立ち所に相手を見切ると申します。ほかのものでは、無事に済むわけがありません」

白龍がしきりにうなずいている。娘を誉《ほ》められた木三郎は、ことさらに渋面を拵えようとしているようだが、巧《うま》くはいかなかった。

「旦那様にはお腹立ちでございましょうが、一乃さまは深川にしっかりした根を張っておられます。今度のことは多くのひとが絡み合っておりますが、その真ん中に一乃さまがおられます。ときに顔をしかめながらも、だれもが一乃さまを頼りにしています」

「…………」

「ご心配は重々承知のうえで申し上げますが、一乃さまなら大丈夫でございます」

「おまえは何をもとに、そこまで言い切れるのだ。易者のたわ言でもあるまいに」

言葉の綾《あや》で言ったのだろうが、目の前には白龍がいた。木三郎を見る目がさらにきつくなった。

「そばには鉄幹さんもいらっしゃいます。あの方の知恵は大したものかと存じますが、腕っ節《ぷし》はまるでいただけません」

「そんなひ弱な男がそばにいても、一乃の守りにはならないだろうが」

「そうではございません。腕に覚えがないがゆえに、危ないことはなさりません」

嘉兵衛はきっぱりと言い切って話を終えた。木三郎はしばらくのあいだ、目を閉じ、腕組みをして考え込んでいた。

やがて目を開くと白龍を正面に捉《とら》えた。

「白龍さん、見立てを聞かせてもらいたい」

易を散々《さんざん》に言われてきた白龍が、何とも複雑な顔をした。


おせきの母屋には、ひとが溢れていた。

しじみ売りのおさだは亭主だけでなく、仲間の漁師をふたり連れてきていた。

夜道を急いだ富蔵は、漁師たちと同じころに戻りついた。

富蔵夫婦。おさだ夫婦に漁師がふたり。それに鉄幹、一乃、分吉に松次郎である。十人が囲炉裏の周りに顔を揃えていた。

「どうも夜分にお集まりいただき、申しわけございません」

鉄幹が話の口火を切った。

「ここにおります分吉の妹が、大島村の屋敷にさらい取られてしまいました」

「それって、橋のたもとの白塀に囲まれた屋敷のことでねえかい」

寺子屋師匠の調子で話す鉄幹に、おさだの亭主が口を挟んだ。分吉が大きくうなずいた。

「ほら見れ留吉《とめきち》、おらが言った通りだがよう。前っからあそこは気味がわるかった」

「だけんどよう、なんであんちゃんの妹がそんなとこに連れ込まれたんだ?」

漁師の留吉が分吉に問いかけた。

「それはわたしの家内に話をさせます」

早く話したいのか、一乃が落ち着かない。

「みんなに分かってもらえるように、ゆっくりとていねいに……いいね?」

「はい」

いきなり多くの目が集まって、一乃が日焼け顔を赤らめた。

「そこの屋敷のひとたちって、贋金造りなんです。それで扇橋の寅吉ってひとを騙《だま》して、大判で五万両も……あっ、分かった」

「どうしただ姐《ねえ》ちゃん、おれはなんも分かんねえがよう」

留吉の文句も一乃には聞こえなかった。

「鉄ちゃん、分かった。寅吉って、博打をするところの親分でしょう」

「でしょうって、おまえはそこに行ってきたんだろうが」

「だれも博打なんかやってなかったけど」

「なあ一乃、頼むから筋道の通った話をしてくれ。みなさんが困り果ててるじゃないか」

困るというよりは、一乃の気性を知らない面々は、いささか呆《あき》れていた。

思い込みが一段と激しくなっている一乃は、そんな目も気にせず、堰《せき》を切ったように話し始めた。

「寅吉という親分は、五千枚の贋大判を持っていました。その大判は、博打で勝ったひとに渡すんです。ああいうところに来るひとたちはお金持ちばかりですから、本物のおカネを出させておきながら、勝ったひとには贋金を渡す気です。大判は普段は使いません……わたし、両替屋の娘だから知ってます」

　みんなはとりあえず神妙に聞いていたが、鉄幹と松次郎は首をかしげていた。

「だから本当は大判なんか受け取りたくないんだけど、寅吉はあたまが禿《は》げてて、唇がすごく分厚くて、こんなふうに……」

　一乃が自分の唇を手でめくり返した。そのさまがおかしくて、留吉が噴《ふ》いた。

「寅吉が怖いものだから、みんなは仕方なく大判を受け取ってしまうんです。そうやってわるいことをして集めたおカネを、大島村の仲間が騙し取ったんです。だからおあきちゃんがさらわれたんです。そうなのよ鉄ちゃん、そういうことだったのよ」

「そいつは話に無理がある」

　一乃と離れて座っている松次郎が、穏やかな口調で異を唱えた。

「賭場のことは、多少は知ってるつもりだ。あんたが言う通り、賭場ではゼニを駒札に取っかえて遊ぶんだが、けえりには駒とゼニとを取り替える。そこで揉《も》めたら、だれも遊びには行かねえからさ」

　松次郎が賭場の仕組みをときあかした。一乃をのぞいただれもが心《しん》から得心していた。

「それともうひとつ、あんたが両替屋の娘さんだてえからきくが、大判てえのは一枚幾らの値打ちだ?」

「大判にもよりますけど、一枚が七両から八両ぐらいです」

「八両だとして、五千枚だと……」

「ざっと四万両です」

鉄幹が暗算で素早く答えた。

「扇橋の賭場がどれほどのものかは知らねえが、四万両をすっかり客に押しつけるには、ずいぶんと暇がかかるぜ」

「あたしも聞いてて分かんねえことがあるんだけんどよう……」

松次郎の話の区切りを待って、おせきが一乃に問いかけた。

「どうして騙したやつが、妹をさらうんだよ。そこの屋敷は、騙した連中が住んでるとこだろ……話が逆でねえかい」

おせきに漁師としじみ売り夫婦が加わり、わいわいと勝手に話を始めた。一刻も早く、おあきを救い出したい分吉が焦《じ》れている。そのさまを見た松次郎が小袋を取り出し、黒い小粒を囲炉裏に投げ込んだ。

しゅぼっ……。

鋭い音が立ち、強い匂いが広がった。

「なんだよう、いまのは」

一気に囲炉裏端が静まり返った。

「話の続きを聞かせてくれ。どんな段取りだか知らねえが、のんびり座ってる暇はねえんだろう」

火薬を扱う棟梁らしい、引き締まった物言いである。囲炉裏の周りが張り詰めた。

「ちょっといいですか……一乃の話から思いついたことがあるんですが」

だれからも返事はなかったが、みんなの目が鉄幹に先を促した。

「よくよく考えてみたんですが、確かに寅吉は大島村の連中に騙されたのかも知れません。だとしたほうが話の辻褄が合います」

一乃とは異なり、鉄幹の話し方には重みがある。みんなが耳をそばだてていた。

「清吉さんという印判職人が、行方知れずになっています。清吉さんは、五千枚の贋大判に墨書をしろと脅されていたんです」

「なんのことだ、すみがきってよう」

「大判のおもてに描かれている文字です。話を急ぐんで先に進めますが、いいですか」

しじみ売りの亭主が、いいよと返事した。

「その贋大判を造ったのが、大島村の連中でしょう。一乃は贋大判を賭場の客に渡すと言いましたが、松次郎さんが言った通りそれには無理があります。わたしは大判をダシに使って、寅吉の博打仲間からカネを集めたんだと思います」

「ちょっと待ってくれ。あんたの話もわけが分からなくなってきただ」

留吉がまた口をはさんだ。

「大判をダシにしてカネを集めるって、いってえなんのことだ？」

留吉の疑問は、他の面々の疑問でもあるようだ。座の顔色を見て、鉄幹が座り直した。

「清吉さんは、ことの顚末を書き留めた日記を隠していました」

「ことの顚末って……その贋大判とやらのことかよ？」

問うたのはおさだの亭主だ。鉄幹が相手の目を見てうなずいた。

「その日記には、五千枚の仕上げを大層せっつかれていると書いてありました。わたしは寅吉が、贋大判と本物のおカネとを取り替える日を定めていたからだと思います」

「なんでそんな面倒なことをすんだ。それにあんたの話だと、渡世人の仲間からゼニを集めるてんだろ？」

「その通りです、留吉さん。面倒なことだといわれましたが、儲け話が底にあれば、親分連中も手間をいとわず話に乗ると思います」

「儲け話ってなんのことだ？」

「それはまだ分かりませんが……」

そこまで思案が及んでいないらしく、鉄幹が黙った。入れ替わるように、一乃が目を光らせた。

「わたし、分かった。ご改鋳にまぎれこんで、小判や一分金の贋金を作るつもりなのよ。その素《もと》になる小判を、親分連中からかき集めようとしているんだわ」

「そうかっ……その通りだ、一乃」

嘉兵衛と安次郎から改鋳の話を聞かされていたふたりが膝を打った。が、残りのだれもわけが分からない。

鉄幹は改鋳で公儀が、どれほど途方もない出目《でめ》を出すかを話した。そして寅吉たちが小判や一分金の贋金で儲けをたくらんでいるとの見立てを伝えた。

「そいつはありそうな話だぜ」

松次郎が鉄幹の言い分を支えた。

「賭場の連中が束になりゃあ、四万両ぐれえは集まるかも知れねえ。でもねえ鉄幹さん、贋金造りはたやすくはできねえだろう」

「もちろんそうですが、一乃がここの竹藪《たけやぶ》で拾った一分金は、見事な仕上がりでした。連中は手の込んだ仕事がやれるんです」

「それだと、もうひとつ辻褄が合わねえ」

一度は鉄幹の見立てを呑んだ松次郎が、腑に落ちないと言い始めた。鉄幹を除いた八人は息を詰めてやり取りを聞いている。

「賭場の親分は、抜け目のねえ連中だ。すぐに贋大判と分かるものと引き換えに、なんだって素直にゼニを出すんだ？」

「あっ……なぜだか分かった」

またかという色がみんなの顔に浮かんだが、一乃は気にしない。

「その大判って、きっと担保なのよ」

「姐さんよう、あんたが言うことはまるっきり分からねえけんど、たんぽってなんだ？」

留吉が素《す》っ頓狂《とんきょう》な声で問いかけた。

「うちでも為替手形の取立てなんかのとき、大きなおカネだと、いっとき担保をあずかったりするんです」

留吉がさらに顔をしかめたが、一乃は構わずに話を続けた。

「それと同じで、寅吉はみんなに担保として贋大判をあずけたんです。担保だったらおカネを出したひとたちだって、両替屋に持ち込んだりしないもの。小判をあずかる代わりに、寅吉は大判を担保にしたのよ」

「おまえは大した知恵者だ。それだと見事に辻褄が合うぞ」

鉄幹の大声が囲炉裏の灰を巻き上げた。

「もう一度、はなから話します。今度こそ、しっかりと分かりましたから」

ぬるくなった茶を口にした鉄幹が、おさらいを始めた。

「大島村の仲間が寅吉に話を持ちかけたのが始まりです。本物の一分金を贋金だと言ったのは、こんなに手の込んだものが造れると言いたかったのです。松次郎さんが言われたように、あの連中は簡単には信じませんから」

話していて口が乾《かわ》いたのか、鉄幹が湯呑みを手にした。からになっていたのを見て、おせきが茶を注《つ》ぎ足した。

「寅吉も疑《うたぐ》り深いはずですから、受け取った一分金を両替屋に持ち込んだでしょう」

「そうなのよ、本物だと確かめるために、あの男ならきっとそうしたはずです」

一乃が鉄幹の話をしっかりと支えたが、みんなは鉄幹を見詰めていた。

「一乃が言ったようにカネは本物ですから、両替屋はもちろん引き受けます。これで寅吉は大島村の贋金造りの腕を信じ込んで、話に乗ります。ここまではいいですね？」

囲炉裏を囲んだみんなが、返事のかわりにうなずいた。

「おととしから御上は、改鋳された文政小判を世に流していますが、この中で見たことのあるひとはいますか」

見たと返事をしたのは松次郎だけだった。

「ここに十人のひとが居て、見たのは松次郎さんひとりです。連中の狙いは九分九厘、贋の文政小判を造ることです。寅吉を信じ込ませた大島村は、寅吉の仲間から小判を集めさせたのです。贋の小判を造って大儲けしようとでも言ったのでしょう。でも贋金造りは死罪ですから、すぐには乗りません。寅吉は自分が騙されたのと同じように、本物の一分金を仲間に見せて安心させたのです。大島村は、本物の文政小判も贋金だと言って試させたでしょう。これで渡世人の親分衆が騙されたはずです」

だれもが得心して聞いている。一乃は鉄幹に見とれていた。

「造る贋金は、大判五千枚に見合う額です。担保だとすれば、大判に描かれている十両……つまり五万両を集めたのかも知れません」

「そこまでは分かったが、五万両といえば千両箱で五十だぜ。どうやって寅吉は大島村まで運んだ……」

問いかけながら、松次郎は自分で答えを見つけたようだ。

「舟か」

鉄幹と松次郎とがうなずき合った。

「扇橋から大島村までは、小名木川を伝えば一本道です。今日の日暮れ前に、分吉はその屋敷を見つけてきました。そこには、塀に細工した水門が拵えてあったそうです。そうだな、分吉……」

分吉は水門の話をもう一度聞かせた。

「寅吉が集めた小判は舟で大島村に運び、からくりの水門を開いて屋敷に持ち込んだのです。連中の考えなかった手違いが、清吉さんの日記です。清吉さんは最後には殺《あや》められると思い、日記にこまごまと書き留めていました。分吉と妹が寝込みを襲われたのは、清吉さんの長屋でした。おあきをさらったのは、日記を取り返しにきた連中です。日記と取り替えるための人質でしょう」

小名木川を汚《けが》されたと思ったのか、漁師たちがののしりの言葉を吐いた。

「初めは試しに贋金を造ったでしょうが、余り儲からないと分かったはずです」

「なんでそう思うんだ？」

松次郎がまた、いぶかしげに問いかけた。

「一乃の実家で、贋一分金を目利きさせて分かりました。一乃が拾った贋金はうまくできてはいるが、どうしてこんなものを造るのかが分からないと、本多屋の番頭さんが首をかしげていましたから」

「金がへえり過ぎていたということか」

「その通りです。そのことに懲りたからこそ、寅吉を煽《あお》って途方もない小判をまるごと騙し取ろうと考え直したに違いありません」

「あんたの話はよく分かったが、ひとつだけ、どうしても合点《がてん》がいかねえんだ……分吉さんの妹をさらったのは、日記と取り替える人質だと言ったただろう」

松次郎の問いに鉄幹は目でそうだと答えた。

「それなら、屋敷の連中に捕まってるてのは分かるぜ。分からねえのは、連中はどうやってその娘《こ》と日記とを取り替える気だ？」

これも答えに詰まる問いであった。鉄幹が黙り込むと分吉の顔色が沈んでゆく。一乃が分吉の肩を、ぽんっと叩いて立ち上がった。

「そんなことを考え込んでいないで、おあきちゃんを助けに行きましょう。捕まっているのは分かったし、助け出すためにおさださんや、松次郎さんにも来てもらったんだから」

「そりゃそうだ、行くべ、行くべ」

漁師たちも立ち上がった。

「待ちなよ。肝心の話がなにもできてねえ」

松次郎の厳しい声が、一乃と漁師たちを座らせた。

「なんのために花火を打ち上げるのか、おれはなにも聞かされてねえ」

一乃を見る松次郎の目が厳しくなっていた。

「おれはいやだと言ってるわけじゃねえんだ。人の命がかかってるのはよく分かった。だがねえ、一発でも打ち上げりゃあおれも命をかけることになる。半端《はんぱ》な段取りじゃあ上げたくはねえんだ」

「命をかけるって……松次郎さん、お縄を打たれることになるんですか」

一乃が呆《ほう》けたような顔つきになった。松次郎にみなの目が集まっている。面々を順に見回した松次郎は定かなことは言わず、分かってくれたかとだけ問いかけた。

「よく分かりました」

一同の返事が揃った。

「だったらなぜ花火がいるかを、しっかりおれに聞かせてくんねえ」

作務衣《さむえ》の前をきちんと合わせ直した一乃が、松次郎に目を合わせられる場所に移った。

「ここにいるだれもが、戦《いくさ》みたいなことには慣れていません。鉄ちゃんなんか、喧嘩《けんか》はからっきし駄目なんです」

鉄幹がきまりわるそうに目を伏せた。

「だから川から忍び寄ったあと、塀の外側から散々に声で脅します」

川漁師たちの目に強い光が浮いた。

「そのあとで松次郎さんの花火の音で、思いっ切りびっくりさせてもらいたいんです。そうすれば、屋敷のなかも大騒ぎになって、おあきちゃんと清吉さんを助けだせる隙《すき》ができます」

「脅かすためだけに、花火を上げろてえのか」

「だめですか？」

松次郎が深い息を吐いて黙り込んだ。もう少し考えがあってのことだと思っていたのか、鉄幹はとりなす言葉もなくしたような顔だ。

囲炉裏端が静まり返り、薪《まき》の爆《は》ぜる音だけが響いていた。

「ここで思案を続けていてもしゃあねえ」

松次郎の言葉でみんなが背筋を伸ばした。

「とにかく行ってみよう。その場に着けば、別の思案も浮かぶだろう」

だれも異存はなかった。

おせきは庄吉たちと幹太郎の世話で残ることになった。打上げの筒は、富蔵、鉄幹、分吉の三人が一本ずつ抱えた。

三人の漁師が用意した三杯の小舟に、九人が乗り分けた。幾つも星が流れている。

堀川に棹《さお》がさされ、音も立てずに舟が滑り出した。

# 二十一

砂村を流れる堀川は、大島橋のたもとで小名木川に合流する。橋のすぐわきが平兵衛の屋敷だった。

「留吉さん、いちど陸《おか》に上がろう」

先頭の舟をとめさせた松次郎は、葦《よし》をかき分けて川に入った。水深は浅く、すぐに岸辺に上がることができた。留吉が短い指笛であとの舟に伝えると、全員が舟を下りて陸に上がった。

「鉄幹さん、目を凝らせば向こう岸の白い塀がめえるでしょう」

分吉の指差す先に平兵衛の屋敷があった。川幅五間（約九メートル）の小名木川を隔てて、闇夜の中に白壁がぼんやりと浮かんで見える。が、高い塀の上部は闇に溶け込んでいた。

「ずいぶん高そうじゃないか」

「石垣からざっと八尺です。石垣が二尺は積んであるから、川からだと十尺（約三メートル）を乗り越えなきゃなんねえ」

分吉と鉄幹が小声で話しているそばに、松次郎が近寄ってきた。

「みんなで話がしてえんだ。車座に集まってくんねえ」

松次郎の呼びかけで、九人が雑草の生えた更地《さらち》で小さな輪を作った。一乃はおせきから受け取った火種を、焼き物の火桶《ひおけ》に入れて抱えていた。闇のなかで、桶の火種が赤い光を散らしている。

「桶にふたをしろ。見てるやつもいねえだろうが、用心にこしたことはねえ」

一乃が慌てて火桶の口に手拭いをかぶせた。闇夜で風もない。九人が上がった陸は、平兵衛の屋敷を正面に見る広い更地である。雑草に埋め尽くされてはいるものの、四月初旬では、さほどに丈は伸びていなかった。

「舟に揺られながら考えたことがある」

星明かりだけの暗闇で、松次郎の話に八人が息をひそめた。

「おれがここにきたのは、わけのあるひとから頼まれたからだ」

屋敷に忍び込む手立てを話し合うものだと、輪になった八人は思っていた。ところが松次郎は、まるでかかわりのないことを口にし始めた。闇の中でも、面々のいぶかしんでいる気配がはっきりと分かった。

松次郎は調子を変えずに話を続けた。

「その頼みごとの元は、どうやら一乃さんらしい。おれだけじゃねえ、あんたらもみんなそうだろう」

「松次郎さんの言う通りだべ」

漁師たちが小声で口を揃えた。

「だとすれば、今日までお互いに見ず知らずだった連中が、ひとりの女に呼び寄せられたてえわけだ。ところが呼び集めた当人は、あほらしいほどにお手軽な思案しか持ってねえ。正直なところ呆れけえったぜ」

火桶を握る一乃の手に力がこめられた。

「だがよう、花火職人てえのはことのほか縁起をかつぐんだ。今朝方《けさがた》は降ってた雨がきれいに上がって、いまは星空だ。しかも風もねえし、月もねえ。どうぞ花火を打ち上げてくだせえと言わんばかりの空模様だ」

縁起かつぎは川漁師も同じである。松次郎の言い分は留吉たちにも染《し》み透《とお》った。

「これだけの人数を、わけなく集めちまった女《ひと》が思いついたことだ。この先どう転ぶかは分からねえが、おれは一乃さんの強い運《つき》に賭けるぜ」

「おらも乗った」

しじみ売りの亭主が即座に応じた。

「今晩初めて会ったけんどよう、姐ちゃんはおもしれえ」

亭主の声が弾んでいた。

「舟には投網《とあみ》がのってっからよう、あれを放り上げりゃあ、塀をよじ登れるべ」

小名木川でことを起こすなら、漁師の動きがかなめとなる。花火師と川漁師とがやる気になったことで、ことは決まったも同然だった。鉄幹も自分の役回りが何になるかを考えていた。

「花火を上げるには、幾つも段取りがいる。今夜は手元がいねえから、手のあいてる男はおれの助《す》けにへえってくれ」

松次郎が行李《こうり》を開き、三本の杭《くい》と縄とを取り出した。

「分吉はそのあたりから、杭が打ち込めそうな大きな石を三つ拾ってこい」

「へい、がってんで」

仕事は違っても互いに職人である。棟梁に指図された分吉はすぐさま動いた。

「漁師さんたちのなめえを教えてくれ」

「おれは繁蔵《しげぞう》だ」

しじみ売りの亭主が名乗りをあげた。

「こいつが留吉で、わけえのが金太《きんた》だ」

残りのふたりが松次郎にあたまをさげた。

「繁さんと留さんは分吉から石をもらって、この杭を一尺の深さに打ち込んでくれ。杭と杭の間を三尺はあけてもらいてえ」

「あいよう」

「富蔵さんと鉄幹さんには、繁蔵さんたちを助けてもらおう。金太はおれの手元だ」

松次郎が指図をしているとき、分吉が三個の石を抱えて戻ってきた。男たちは手早く石を受け取り、指図通りに杭を打ち込み始めた。

離れたところで火桶の番をしていた一乃は、明かりの足しにと火桶を提げて近寄った。

「ばか野郎、火を持ってうろうろ寄ってくるんじゃねえ。遠くに離れてろ」

低く厳しい声で松次郎が叱りつけた。慌てて一乃が飛び去った。

打ち込まれた杭を一本ずつ確かめた松次郎は、筒と縄とを手にして男たちを呼び集めた。

「筒の上下を縄でしっかり縛りつけろ。筒にはたがが巻いてあるから、その間にきつく縄を回してくれ」

筒は花火の打ち上げ筒である。くぬぎの幹を削り出して造られた筒が、竹のたができつく縛られていた。筒は差し渡し五寸（約十五センチ）の太さだ。

松次郎は五寸玉を打ち上げる気でいた。この玉なら、お加寿に話したように五十丈の高さまで上がるのだ。松次郎に怒鳴られた一乃は、おさだのわきで男たちの働きぶりに目を凝らしていた。

「これなら大丈夫だ。分吉、一乃さんたちを呼んでこい」

据え付けを終えた打ち上げ筒のそばで、ふたたび九人が車座になった。

「一乃さん」

松次郎に呼びかけられて、一乃が顔を張り詰めた。

「寅吉に、あんたは騙されてると言ったんだろう？」

「はい、はっきりと言いました」

「だとすれば、寅吉は今夜のうちにここの屋敷に押しかけてくるぜ。あの手の連中は、虚《こ》仮《け》にされたと分かったら黙っちゃいねえ」

気の荒い漁師たちも、ひとからばかにされると黙ってはいない。繁蔵たち三人の漁師が深く得心したような顔つきになった。

「鉄幹さんの読み通りなら、途方もねえゼニも絡んでるんだ。寅吉はまちげえなく、今夜のうちに取りけえしにくるだろう」

火薬を扱う松次郎の話し方には無駄がなく、しかも分かりやすい。いまはだれもが、この先のすべてを松次郎に委《ゆだ》ねる気になっていた。

「これからの段取りだが、打ち上げには手元がどうしてもふたりいる。それも息がぴたっとあってねえと困る」

「でしたらそれは、一乃とわたしにやらせてください」

鉄幹がすかさず名乗りをあげた。だれも文句を言うはずがなかった。

「しっかり頼むぜ」

言ってから松次郎は、しじみ売りのおさだを見た。

「あんたは女だ。このまま陸《おか》で待ってたほうがよくねえか」

「そりゃ駄目だよ。一緒にいたほうがこのひとも動きやすいし、あたしも水の上の方が得意だからさ」

繁蔵もその方がいいと言う。一杯目の舟がこれで決まった。

「残る二杯は留さんと富蔵さん、金太に分吉の組み合わせでいいか」

だれにも異存はない。三杯の乗り手がすべて決まった。

「屋敷から銭を運び出すには、水門を開くしかねえはずだ。しっかり聞いてもらいてえが、川は暗くてここからは動きがめえねえ。それに川は漁師の持ち場だ、舟を出したあとはあんたらに任せる」

漁師たちがきっぱりとうなずいた。

「だがこれだけは決めとくぜ」

松次郎が言葉を区切った。ともに若い金太と分吉が、音を立てて唾を飲み込んだ。

「ひとつは、動くのは水門が開いてからということだ。寅吉たちが先に屋敷に忍び込んだとしても、水門を開くまでは暗がりに隠れてろ。どんだけ強がっても、出入りじゃあ寅吉たちには歯が立たねえ。いいか分吉、これはおめえにきつく言っとくぜ」

分吉と金太が、へいっと短い返事を揃えた。

「ふたつ目は、花火を打ち上げるきっかけだ。水門から中にへえったら、はなの一発でやつらの度肝を抜いてやる」

漁師たちが口元をゆるめた。

「留さんがさっきやったように、屋敷のなかにへえったら指笛を吹いてくれ。それを聞いたらすぐさまドカンだ」

「まかせてくれ、松次郎さん。思いっきりピイッとやるからよ」

「花火は三発持ってきた。どれもたまげる音のするやつさ。残りの二発は、いつでも上がるようにして待っている。欲しくなったら、ピイッと景気よくやってくれ」

「分かっただ」

留吉が舟の乗り手を順に見回した。

「合図はおらが吹くだ。繁さんも金太も、欲《う》しいときはおらに言うだ」

話し合いが終わり、広い更地から物音が失せた。

「留吉、櫓《ろ》の音がしてねえか」

繁蔵が耳をそばだてた。

「ほら……やっぱり櫓の音だ」

みんなの耳にも櫓を漕ぐ音が聞こえ始めた。

「上《かみ》から聞こえるべ……寅吉たちがきたんでねえか」

ぎいぎいと櫓を漕ぐ音が近づいてきた。一杯だけではなく、漕ぐ音が幾つも重なっている。一乃が火《ひ》桶の口を身体に押しつけた。

薄い灯が消えて、更地が闇に包まれた。

## 二十二

五杯の猪牙舟《ちょきぶね》を仕立てた寅吉は、半蔵をわきに座らせて先頭の舟に乗っていた。一家のものは全員が黒装束で襷《たすき》も黒、胸まで巻いたさらしも黒染めだった。

船頭と舟は、猿江町の船宿相州屋《そうしゅうや》を総ざらいにして集めたものである。

「船頭は肝の据《す》わった連中を選《よ》りすぐって、黒を着させろ」

寅吉から儲け仕事を回されている船宿のあるじ権八《ごんぱち》は、渋りもせずに引き受けた。

これまで夜陰《やいん》に乗じて、大島村から扇橋まで何度も危ない荷を運んでいる。先月にはいつもとは逆に、重たい木箱を扇橋から大島村まで運びもした。

いずれも法外な手間賃が支払われ、船頭にはずしりと重たい祝儀袋が配られた。権八も船頭たちも、寅吉からの誂え注文の旨味《うまみ》は知り尽くしていた。

「舟をおれのわきに集めろ」

大島橋を目の前にした寅吉が、半蔵に指図した。半蔵がそれを船頭に伝える。寅吉の舟を漕ぐ権八は、他の舟を寅吉の周りに集め寄せた。

「水門の陰で待ち伏せする」

小声の指図だが、物音が消えた闇の中でははっきりと伝わった。

「門が開いても、松前屋の舟が川に出終わるまでは動くんじゃねえ。分かったな」

「がってんでさ」

四杯の舟の返事が揃った。

「大して待たねえうちに水門が開くはずだ。小便してえやつは、今の間にやっときな」

「分かりやした」

五杯の舟に乗り合わせた船頭を含む十八人が、一斉に放尿を始めた。

川面《かわも》を打つ小便の音を、漁師たちは葦の陰で聞いていた。

「やだよう、あんた……あいつらの小便が流れてきちまうよ」

おさだがぶつぶつこぼす口を、亭主が手でふさいだ。そのまま息を詰めてひそんでいるうちに、用足しの済んだ舟が水門に向かって離れて行った。

「あいつら、水門のわきに隠れるって言ってたがよう、どこにあんだ？」

留吉の問いに、分吉がささやき声で場所を教えた。遠ざかった寅吉たちに聞こえるわけもないが、だれもがひそひそ声を交わし合った。

「おい繁蔵、うまくねえぞ」

留吉が差し迫った声で繁蔵に話しかけた。

「どうしただ？」

「ここいらの川は五尋（約九メートル）はあるだ。深過ぎて棹が使えねえ」

「しゃんめえ、手で水を掻《か》くべ」

「手だけじゃあ骨だ」

「そんなこたあねえ。うめえことに連中が向かってるのは川下だ」

六人がそれぞれの舟に乗り込んだ。水音を立てぬように気遣いながら、静かに手を動かし始めた。

陸《おか》では松次郎の指図で、打ち上げの備えが進んでいた。鉄幹は松次郎の手元に入った。

一乃は暗い川に目を凝らし、寅吉たちの見張りである。

「土が雨を吸って湿ってやがる」

松次郎の舌打ちが、一乃にまで聞こえた。薬が湿るのを案じた舌打ちである。

「いつ打ち上げるかが分からねえから、備えは済ませておくぜ」

行李から油紙の袋を取り出した松次郎は、封を切り、中身を手のひらにこぼした。暗闇でほとんど見えないが、黒くて小さな粒が強い匂いを放っていた。

「黒色小粒火薬てえ薬だ。筒の下に敷いて、花火の打ち上げに使うんだ」

袋の中身を少し残した松次郎は、筒の上から振り撒《ま》いた。火薬の残った油紙を鉄幹にあずけると、行李から茶色の玉を取り出した。

玉の上部には輪が付いており、下からは長さ二寸の、太い紐《ひも》のようなものが出ている。松次郎はその紐の先っぽを、小刀でほぐし始めた。

「こいつが花火を弾《はじ》かせる火の通り道だ。こうしてほぐしておけば、うまく火が走ってくれる」

松次郎は三玉の花火の導火線を、同じ手順でほぐし終えた。そのなかのひとつを手にすると、上部の輪に細紐を通して立ち上がった。

「いいか鉄幹、花火はこうして、でえじにでえじにおろすんだ。この五寸玉が下で弾けりゃあ、怪我だけではすまねえ」

紐で吊るした花火を筒の底に納めた松次郎は、鉄幹から油紙の袋を受け取り、残りの火薬を筒のなかに振り撒いた。

「これで仕上がりだ。火桶を持ってこい」

仕事が始まったときから、松次郎は分吉、金太と同じように鉄幹をも呼び捨てにしている。鉄幹もそれをあたりまえと受け止めていた。

「炭が切れねえように気をつけてろ」

「分かりました。少し足します」

布袋から炭を取り出した鉄幹は、新しい炭をつぎ足した。ぱちぱちっと桶のなかで火の粉《こ》が爆《は》ぜた。

「気をつけろ」

松次郎から鋭い声が飛んだ。

「それが一番あぶねえんだ。炭を足すときは筒から離れろ」

素早く立ち上がった松次郎は、筒の口を手でふさいだ。一乃が駆けてきたのはそのときだった。

「水門のところに舟がいっぱい集まってきましたが、繁蔵さんたちはどこにいるのか分かりません」

「分かった、見張りを続けてくれ」

ぺこっとあたまをさげて、一乃はもとの場所へと駆け戻った。

水門の両側に寅吉が舟を留めたとき、繁蔵たちは川の反対側の葦の茂みにいた。ゆるやかだが小名木川は流れている。漁師は葦の束に舫綱《もやいづな》を結びつけた。

「おっかあ、怖くねえか」

「怖いさ。怖くって座りしょんべんしちまいそうだ。あんたはどうだよ」

「みんな怖いに決まってるだ」

言いながら繁蔵が目元を崩した。

「でもよう、ちっとだけだがおもしれえ」


屋敷のなかでは、平田舟に平兵衛が乗り込んだところだった。水門を巻き上げる歯車の柄《え》は、ロシア人と弥五七が握っている。

平田舟の真ん中には、左右に一本ずつ、鉄輪に通された櫂《かい》が取り付けられていた。五万両の小判と男女二十六人を積んだ舟は、堀に深く沈んでいる。このあとさらに、ロシア人と弥五七が乗るのだ。

「弥五七」

平兵衛に呼ばれた弥五七は、歯車から離れて舟のわきにおりてきた。

「沈み方が深過ぎるぞ」

「海に出れば、これでちょうどでございます。どうぞご安心を」

小声の返事をしただけで、すぐさま持ち場に戻った。そのやり取りを、おあきとおさよが聞いていた。

「どうしよう、おあきさん。海って言ったよ」

「大丈夫だって。おにいちゃんがきっと助けてくれるから……外の川に出たら、おにいちゃんが待ってるに決まってるわ」

相手をなぐさめる、おあきの顔が沈んでいる。気丈なことを言いつつも、おあきは半《なか》ば諦めているようだった。

「水門を開けなさい」

平兵衛の触れで、歯車の柄を握るロシア人と弥五七がぐいっ、ぐいっと力を込めた。太綱で引かれた塀が、鈍いきしみ音を立てて手前に向けて持ち上がった。

今夜は小名木川の水位がわずかに高かったのか、水門から川水が流れ込んできた。水面から浮き上がった塀が軽くなり、歯車の回り方が早くなった。水門には白塀だけではなく、石垣までもが造作されている。歯車が動かなくなるまで巻き終えると、小名木川と屋敷の堀とが繋《つな》がった。

「開けっ放しでもよろしいですか」

舟に戻った弥五七の問いに、平兵衛は小さくうなずいた。弥五七と一緒に歯車を回したロシア人は、すでに左舷《さげん》の櫂を握っていた。

「それでは出します」

弥五七が手を振り下ろした。両舷の漕ぎ手が櫂を堀に入れた。

水門が開き始めたことで、寅吉たちは身構えた。猪牙舟を操る船頭たちも、石垣に縛りつけていた舫綱《もやいづな》を素早くほどいた。

「備えはでえじょうぶか」

壮六が周りの舟に声をかけた。低い声の短い返事が戻ってきた。

壮六は長脇差の鞘《さや》を握り締めた。


繁蔵たちにも、水門の開く音は聞こえていた。音を聞いたそのときから、漁師たちも手早く舫をほどき、川面に櫓《ろ》を差し込んだ。

「おっかあ、始まるぜ」

「ああ、分かってるさ」

おさだの声が震えていた。


陸では一乃が駆け戻っていた。

「いま水門が……」

「分かってる、ここまで聞こえた」

松次郎は無駄に過ごしていなかった。

水門の開く音を耳にすると、鉄幹に火桶の具合を確かめさせた。行李から取り出したふたつの火薬袋を、腰に提げた布袋に納めた。

いま松次郎が手にしているのは、別の包みである。

「おれのそばに火桶を近づけるな」

油紙の包みをはがすと、小さな羊羹《ようかん》のようなものが出てきた。

名称の由来は鍵屋のあるじも知らないというシンドルである。

「火をつけてこれを筒に放り込めば、しゅぱっと花火が打ち上がる」

松次郎はシンドルを手に握ったまま、闇に包まれた屋敷を見た。


二人のロシア人が水を掻くと、平田舟は音も立てずに川に出た。舳先《へさき》が小名木川の流れに乗って、ゆっくりと河口に向けて曲がり始めた。

右舷の漕ぎ手に、弥五七が短い指図を与えた。漕ぎ手に力が加わり、舟が大きく左舷側に転じてゆく。堀から出た平田舟が、艫《とも》まで河口に向き直ったとき、舳先でごつんと鈍い音がした。積み上げられた小判の木箱で前が見えない。

弥五七が前に動こうとしたそのとき……。

左舷の闇からいきなり寅吉があらわれた。寅吉は隠していた提灯を、座ったままの半蔵に持たせていた。下からの明かりで照らされた寅吉の顔だけが、闇の中に浮かんでいる。

悲鳴をあげて、左舷の漕ぎ手が飛び逃げた。

「ずいぶんとはええ船出じゃねえか」

凄《すさ》まじい形相《ぎょうそう》の寅吉と出し抜けに出くわして、肝の据わっているはずの弥五七が言葉を失くしていた。寅吉がにやりとしたら、分厚い唇がめくれあがった。

「弥五七さんまでが舟に乗ったんじゃあ、あとの屋敷はだれが守るんでえ」

「…………」

「水門は開けっ放しだし、なんだか夜逃げみてえだぜ」

提灯の明かりの中で、唇が這《は》い進むまむしの腹のように赤黒く動いた。


葦の茂みでは、漁師たちの手が櫓にかかっていた。

「留吉、松次郎さんに合図だ」

留吉の指笛が、ピイッと鋭い音を発して闇を引き裂いた。


「鉄幹、火桶をくれ」

差し出された桶のなかでは、炭が真っ赤に熾《おこ》っている。松次郎がシンドルの先を炭火につけた。シュシュシュッと音を立てて着火薬に火がついた。

大きく息を吸い込んでから、松次郎は打ち上げ筒に投げ込んだ。

「おい、離れろ」

松次郎に言われて、鉄幹と一乃が飛び下がった。が、筒からは花火が上がらない。

「まずい。座りやがった」

「えっ？」

「花火が座っちまったのよ。次の筒だ、火桶をどけろ」

腰の袋から小粒火薬の包みを取り出した松次郎は、手早く破ると、二本目の筒に撒き散らした。機敏な動きには、かけらの焦《あせ》りも見えなかった。

さきほど導火線をほぐしておいた五寸玉を手にすると、ていねいに紐を通した。


葦の茂みでは留吉が焦っていた。

「花火が上がらねえと、動けねえだ。おい、留……聞こえなかったんでねえか。もっとしっかり吹けよう」

ピイイイ、ピイイイ……。

留吉はむきになって指笛を鳴らした。


最初に聞こえた指笛には、寅吉も弥五七も驚いた。が、修羅場《しゅらば》を何度もくぐり抜けてきた寅吉は、そのあと続けて笛が聞こえても平然としていた。

「おう、松前屋。てめえ、そんなところに座ってやがったか」

寅吉の目が平兵衛に移った。

「おめえとはここまでだ、舟ごとけえしてもらうぜ」

横付けした猪牙舟から、寅吉が最初に乗り移ろうとして舟端《ふなばた》に足をかけた。座ったままの平兵衛は、凄む寅吉を笑いを浮かべて見返していた。

そのとき。

シュポッと鋭い音が立ち、星空に向かって蒼白い火が駆け昇った。

音より先に、闇夜に大輪の蒼い牡丹が広がった。

いきなり夜空に咲いた牡丹が、きらめく星の光にかぶさっている。小名木川を埋める舟に乗った面々は、なにが起きたか分からないまま牡丹に見とれた。松前屋相手に凄味《すごみ》をきかせていた寅吉までもが、言葉をなくして蒼い牡丹を見上げていた。

ひと息遅れて、神社の大太鼓を何十も一度に叩いたような轟音《ごうおん》が響き渡った。ロシア人が天を指差して震え上がった。

同じ音がもう一発。さらに一発。

無理な笑いを拵《こしら》えていた平兵衛の顔が歪み、座ったままの腰が浮いた。

花火が上がったあとの、漁師の動きは素早かった。三杯の舟が、あっという間に平田舟の右舷に出てきた。

「おあき……聞こえたら返事をしろ」

分吉が声を限りに叫んだ。残りの漁師も富蔵も、声を合わせておあきの名を呼んだ。

「なんでえ、あいつらは。おめえはあっちを見てこい」

壮六に指図された竹次の猪牙舟が、分吉の舟に向かって漕ぎ進み出した。花火の明かりが、竹次が手にした剝《む》き身の匕首《あいくち》を浮かび上がらせた。

「金太、気をつけろ、刃物を持ってるだ」

繁蔵が金太に向かって叫んだ。

そのとき二発目の花火が打ち上げられた。さきほどにも増しての轟音が鳴り響いた。

竹次の猪牙舟は、二発目の花火で呼び戻された。寅吉が、乗り移った平田舟の上から手下を呼び集めていたからだ。長脇差や匕首を手にした連中が小判の周りを取り囲み、松前屋の男衆を脅しつけていた。

「おにいちゃん、おにいちゃあああん……」

平田舟の右舷におあきの姿があらわれた。

「おあき、飛び込め」

分吉の声だと分かったようだが、おあきは舟端でためらっていた。が、だれかに背中をドンッと押されて川に落ちた。おあきに続いてもうひとり、さらにもうひとりが川に飛び込んだ。

金太の舟が、すぐさまおあきに近寄った。

「もう平気だ、ほら、手をつかみな」

「…………」

「だれかが背中を押してくれたみてえだぜ」

ほかに心配ごとがあるのか、分吉の言っていることをおあきは聞いていないようだ。

「おにいちゃん、一緒におさよちゃんて娘《こ》も捕まってるのよ、助けてあげて」

「しんぺえねえって」

繁蔵の声だった。

「おらの舟で拾っただ」

少し離れた暗がりからの声を聞いて、おあきはぐったりした身体を引き上げられた。

「飛び込んだのは三人でねえか。もうひとりはどこだ」

留吉の舟に乗っている富蔵の声が終わらぬうちに、おさだが川に飛び込んだ。

「おい、かあちゃん」

繁蔵が叫んだ。引き上げられたおさよも、心配そうに暗い川面を見詰めている。

「おさだあああ」

繁蔵の声が半狂乱になっている。留吉も富蔵もおさだの名を叫んだ。

「繁さん、おさださんはここにいる」

金太から声が返った。

溺《おぼ》れかけていた清吉を抱えたおさだが、金太の舟端にしがみついている。留吉が素早く櫓を使い、おさだと清吉を引っ張り上げた。

「うまくいったべ、うまくいったべさ」

留吉の声が弾んでいた。

「とっととずらかるだ」

留吉が先頭で舟を逆向きにした。あとに金太と繁蔵の舟が続いた。櫓を使う留吉たちは、一乃たちをおろした岸辺に向かった。

二発目の花火を打ち上げたあと、一乃は川の見張りに戻っていた。大騒ぎの声に混じって、分吉、おあき、繁蔵の叫び声が一乃の耳に届いた。

が、暗くて様子が分からない。懸命に目を凝らして川面を見張っていると、三杯の舟が戻ってくるのが分かった。

一乃は葦の岸辺に駆けた。途中で雑草の根に足をとられ、顔からまともに倒れ込んだ。さいわいにも雨で湿った土は柔らかくて、すぐに立ち上がることができた。

息を切らして葦の茂みにおりたとき、三杯の舟が戻ってきた。

「一乃さんだろ?」

「その声は分吉さん?」

「そうだよ、みんなうまく拾い上げた。三発目の花火の備えはいいかい?」

分吉に言われるまで、一乃は花火を忘れていた。

「さきに行って様子を見てきます。分吉さんたちはあとからきて」

一乃は鉄幹のもとへと駆け出した。

筒のそばでは松次郎が、何とか三発目を打ち上げようとして苦心していた。

「筒を縛る縄がねえ。ちょっとの間、おめえが筒を持ってろ」

最初に失敗した筒を掃除した松次郎は、鉄幹に持たせて火薬を振り撒いた。こんなこともあろうかと、打ち上げ火薬は余計に持っていたが、筒を縛る縄がなかった。

打ち上がらなかった花火を再び筒に戻すと、上から少し多めに火薬を散らした。

「これでいいだろう。花火の導火線はなんともなってねえから、おめえがシンドルを投げ込んでくれ」

「松次郎さんは？」

「おれが筒を抱えてるから、おめえにやれと言ってるんだ」

「だめです、そんな危ないことは」

「ばか野郎、言うことをきけ」

叱りつけながらも、松次郎は声を荒らげてはいなかった。

「おれがこさえた花火だ、わるさはしねえ。それより鉄幹、シンドル投げ込んだらすぐに手をどけろ。遅れると花火に叩かれるぞ」

こんなやり取りのさなかに、一乃が駆け戻ってきた。三度目の指笛がそのとき鳴った。

「よし、いいからやれ」

松次郎に怒鳴られた鉄幹は、指図通りに火のついたシンドルを筒に投げ込んだ。

鋭い音を残して、蒼い光が真上に伸びてゆく。筒から手を放した松次郎は、鉄幹と並んで夜空に伸びる光を追っていた。

轟音と同時に蒼い花が星空に開いた。

「これを見せたかったひとがいるんだ」

松次郎のつぶやきは三段雷の轟音に埋もれていたが、一乃ははっきりと耳にした。

三発目の花火で、十三人の夜鷹が右舷に集まった。

「ひとっところに固まるんじゃねえ」

寅吉が怒鳴っても、女たちは騒ぐだけである。三段雷の轟音に揺さぶられて、右舷の女たちは我を忘れた。

「どうしよう、なにが起きたのよう」

右舷に固まった女の騒ぎがひどくなり、それに合わせて舟が大きく右に傾いた。

「ばか野郎、立ってねえで座れ」

寅吉がどれほど怒鳴っても効き目がない。傾き始めて、積み荷の小判が右にずれた。こうなった平田舟は、もう元には戻らない。積み荷もろとも右舷に横転した。

平兵衛は親船への積み込みが手早くできるようにと、小判の木箱に綱をかけていなかった。五万両が五尋の川底に沈んだ。

川に投げ出された寅吉の手下は、五杯の猪牙舟に拾い上げられた。

逃げ出したのか、小判とともに川底に沈んだのか、平兵衛も弥五七も、二人のロシア人も見えなかった。

「女だけでも拾ってやれ」

寅吉に指図された船頭たちが、何人かの夜鷹を拾い上げた。

「親分、川役人がきやす」

河口の方角から、数え切れないほどの明かりが迫ってきた。

「ずらかるぜ。女を残すと厄介だ、夜鷹を残らず拾い上げろ」

早く逃げ出したい船頭たちは、げんなりした顔で夜鷹を拾い始めた。


「川では、えれえ騒ぎが起きてるだ」

松次郎と鉄幹が、筒を外して杭を引き抜いているとき、漁師たちが興奮して戻ってきた。助けられたおあきとおさよは、髪からまだしずくが垂れていた。

「この娘《こ》たちが言うには、清吉てえ印判職人もふんづかまってたらしいが、一緒に飛び込んだだよ。もっともしこたま水を飲んじまったでよう、かかあが舟で世話してっから」

「役人がくるとうまくねえ。さっさとずらかるべ、松次郎さん。片付けは手伝うからよう」

漁師たちが松次郎を急《せ》かした。

「気持ちは嬉しいが、花火の後始末はひとに任せたことがねえんだ。舟で待っててくれ、すぐに追いかける」

「そうかい……なら、そうすんべ」

繁蔵が先頭で一乃が最後になり、みんなが岸辺へと戻り始めた。おせきからあずかった火桶を抱えた一乃は、漁師たちに深々とあたまを下げてから松次郎のもとに走り戻った。

「どうしたよ。はやく行きな、すぐにおれも追いかける」

「ありがとうございました」

一乃がしっかりとあたまをさげた。松次郎はなにも言わず、右手で一乃を押し出した。

ひとりになると、残った二本の杭を引き抜いた。闇のなかで抜いた杭をじっと見詰めていた松次郎が、その場にひざまずいた。

「無事に打ち上げられて、ありがとうございました。今夜のことで、二度と花火に近寄れなくても文句はありません」

職人言葉を使わず、ていねいな祈りを口にしてから、三本の杭を行李に納めた。

大きな星ふたつが、重なり合うようにして東に流れた。


一発目の花火が打ち上げられたとき、お加寿は八兵衛店の路地の縁台に座っていた。

星明かりだけの夜空に、音よりも先に蒼い牡丹が咲いた。

引き続いて轟音が届いたところで、長屋中の腰高障子戸が乱暴に開かれ、ひとが飛び出してきた。

「なにが起きたんでえ、お加寿さん……」

縁台に腰をおろしているお加寿に、だれもが問いかけた。

お加寿は口を閉ざしたまま、牡丹が散った空を見上げていた。

# 終章

八兵衛店には不釣り合いな豪勢な鯉のぼりが、ゆったり尾を西に向けて泳いでいる。一乃の宿の六畳間が、座りきれないほどのひとで溢れ返っていた。

清吉は無事に戻ったその日のうちに、八兵衛店に越してきた。ここなら寅吉たちも手が出せないからと、一乃が勧めたからだ。この夫婦と、生まれてひと月の赤ん坊が母親に抱かれて、部屋の隅に座っていた。

そのとなりは分吉とおあきだ。おあきは小名木川に浸《つ》かったことで、一段と娘ぶりがあがったと評判である。

おあきにくっつくようにして、清澄町からおさよが遊びにきていた。お加寿に言わせると、おあきをダシにして、分吉目当てにきているらしい。

そして鉄幹一家三人とお加寿がいた。

「おさよちゃんはさらわれた話を親にもしていないって聞いたけど、ほんとうかい？」

お加寿を見て、おさよがほほえんだ。

「おあきちゃんのところに泊まっていたって言いました。余計なことを話したら、どんな厄介ごとが起きるか分かりませんから」

「それもそうだねえ」

お加寿はだれに言うでもなしにつぶやいた。あれだけの大騒動を引き起こしたにもかかわらず、松前屋平兵衛のことも寅吉の話も、まったく聞こえてこないのだ。

一乃たちは舟が横転したことも、小判が小名木川に沈んだことも何ひとつ知らない。

「陰では凄《すご》いことになっているんだろうが、御上《おかみ》のかかわることじゃないんだろう」

四月の終わりごろ、鉄幹はこんな見立てを一乃に話した。

騒動のあと、鉄幹は円周にことのあらましを聞かせた。もしものときに、茂林寺には迷惑を及ぼしたくなかったがゆえである。

「それとなく御上の様子をたずねてみる」

円周は方々の寺に問いかけたが、なにも聞こえてこなかった。ただ四月五日の夜に打ち上げられた三発の花火については、大川の向こう側でも評判になっていたようだ。

「小名木川沿いには諸国大名の中屋敷や下屋敷が集まっている。それゆえ、どちら様かが御道楽で打ち上げたのではないかと取り沙汰されている」

「そんなことで、沙汰やみになりそうでしょうか」

「小名木川のとば口の万年橋たもとには、紀州様のお屋敷もある。その紀州様が、花火は粋《いき》な趣向であったとご機嫌がよろしいそうだ。御上が詮議に腰がひけているのも、存外このあたりにわけがあるかも知れんの」

円周から言われて、鉄幹も安堵《あんど》した。

鍵屋にも役人から問い質《ただ》しがあったそうだが、職人が口裏を合わせたことでこちらも沙汰止《や》みとなった。

五月二十八日の川開きには、鍵屋の桟敷《さじき》に松次郎がお加寿を招いている。このところのお加寿は、一乃やおあきが問いもしないのに、何度でもそのことを口にしていた。

いま一乃の宿にひとが大勢詰めかけているのは、本多屋から鯉のぼりと柏餅《かしわもち》が届けられたからだ。六畳間の真ん中に、山盛りの柏餅が出されていた。

「幹太郎、もう一個もらうぜ」

手を伸ばす分吉に幹太郎がうなずいたが、目が残りを心配しているようだ。

「あたしもいただきます」

おあきは幹太郎の様子を気にもとめていなかった。

「おさよちゃんも遠慮せずに食べたら……幹太郎は気前がいいんだから。ねえ、幹太郎」

幹太郎の顔が曇っている。柏餅に伸ばしかけたおさよの手がとまった。

「そんな顔をするんじゃないの。物を振舞うときにけちけちしていると、長屋中のきらわれ者になるわよ」

一乃にたしなめられた幹太郎は、皿に盛られた柏餅をおさよに差し出した。

「ありがとう、幹太郎ちゃん」

おさよが手を伸ばそうとしたら、幹太郎は笑いながらも皿をわずかに手前に引っ張った。

このたびの騒動を公儀は細かに摑《つか》んでいた。が、調べるなかで松前藩御用商人や、ロシア商船のかかわりが判明したことで、老中以下幕閣《ばっかく》は、配下の奉行等に厳しい口止めを申し渡した。

小名木川監視の甘さが露呈したことに、公儀はとりわけ気を尖《とが》らせた。この川は行徳《ぎょうとく》から江戸城に塩を運び入れる水路であり、江戸住民の暮らしにも欠かせぬ、かなめの川でもあったからだ。

公儀は中川船番所の守りの堅さを、ことあるごとに世に知らしめてきた。番所の咎《とが》めを受けて身代を取り潰された商家は、見せしめとして江戸市中を引き回されたりもした。

このたびの騒動が明るみに出ると、船番所の権威が失墜する。それゆえ公儀はことをすべて隠密裏《おんみつり》に片づけた。大島村の屋敷は、船番所と南北奉行所が動いて取り壊した。

松前屋が屋敷に残した手がかりを元に、役人たちはロシア人および松前藩とのつながりを知るに至った。平兵衛が意図的に残した物も幾つかある。

いま、公儀と松前藩とは微妙な主従関係にある。できれば松前藩とはことを構えたくないという公儀の意識に、平兵衛は乗ずる気だったのだろう。

その片方で、寅吉につながる物はなにひとつ残していなかった。捕捉に逃げたあと寅吉からの追っ手を防ぐ備えとして、髪の毛一本に至るまで念入りに始末させていた。

これが功を奏し、公儀の手は寅吉には及ばなかった。

公儀はしかし、贋金云々《うんぬん》には思い至らず、調べもまったくなされていない。ゆえにいまでも小名木川の川底には五万両が眠ったままになっている。

「うっ……ちょっとごめんなさい」

柏餅をほおばっていた一乃が、口を押さえて外に飛び出した。井戸端で苦しそうにしていると、お加寿が寄ってきた。

「一乃ちゃん、それはおめでただよ」

「えっ、ほんとうに？」

「決まってるさ、つわりだよ。この先しばらくは無理しちゃあ駄目だよ」

「そうだとしたら……あたし、今度は女の子が欲しいなあ」

つわりに苦しみながらも、一乃の声は明るかった。

「次にどっちが生まれるかってのは、先の子の股《また》にちゃあんと出てるんだよ」

「先の子って、幹太郎のこと？」

「そうだよ。股に一本筋なら次は男の子、二本筋があったら女の子さ。でももう幹太郎は四つだから、筋は消えてるよ」

お加寿の話の途中で一乃は宿に駆け戻った。

「幹太郎、股引を脱いでごらん」

「やだよう、みんながいるのに……いきなり何だっていうんだよ」

「いいから……ううっ……こっちにおいで」

ひとであふれ返っている六畳間を幹太郎が逃げた。一乃が追いかける。鉄幹は呆れ顔である。

皐月《さつき》の空に泳ぐ鯉のぼりが仲間に加わりたいのか、あたまをくるりと部屋に向けた。

# 解説

清原康正

時代小説の市井ものや人情ものの魅力は、江戸の市井に住む人々の日常の暮しの中の哀歓と心理状況を描き出して、現代社会にも通じる人生の深淵《しんえん》を垣間見《かいまみ》せてくれるところにある。江戸の町人たちの生活感覚に根ざす喜怒哀楽のさま、四季のありようなどの描写が一種の郷愁を誘うところに、根強い人気を保つ要因が存在する。

だが、このジャンルは、江戸市井という社会枠の中での人間個々の営みをどうとらえていくかという点に、書き手側の人間観、人生観、社会観がトータルに顕《あらわ》れてくる難しいジャンルでもある。市井の日常生活の中の微妙な変化をすくい取って物語に仕立て上げるには、かなりの筆力はもちろん、人間観察の深さ、社会に対する鋭い洞察力が、書き手側に要求されるジャンルだからである。

本書『はぐれ牡丹《ぼたん》』は、さまざまな過去を背負って生きる長屋の住人たちが力を合わせて江戸の闇《やみ》に暗躍する悪党たちに立ち向かう書き下ろし長編。市井の人情の機微を細やかにとらえるとともに、弱い存在ながらも知恵を絞って巨悪に立ち向かう彼らの思いもかけない活躍を快調な筆致で描き出しており、痛快活劇ものの魅力も兼ね備えている。

二〇〇二（平成十四）年三月に角川春樹事務所から"角川時代小説倶楽部"の一冊として書き下ろされた長編で、初版の帯には「直木賞受賞後第一作」と大きく刷り込まれていた。山本一力の『あかね空』（文藝春秋）が第百二十六回直木三十五賞の受賞作と決まったのは、二〇〇二年一月十六日夜に行われた選考会で、山本一力は初ノミネートでの受賞であった。賞の贈呈式は二月二十二日夜のことだった。

受賞後第一作の本書は、富岡八幡宮から風に運ばれてきた散り遅れの桜が、主人公・一乃《いちの》の住む冬木町の八兵衛店《はちべえだな》に舞い落ちてくる文政四（一八二一）年四月三日の朝の描写から始まる。

両替商の跡取り娘だった一乃は、料亭の跡取り息子だった鉄幹《てつかん》と駆け落ちして、所帯を構えてから足掛け五年、鉄幹は寺子屋の師匠を、一乃は野菜の棒手振《ぼてふり》（行商）をやって、裏店（長屋）にしっかり根を張り、貧しくても幸福な日々を過ごしてきた。二人の間には腕白盛りだが、母思いの四歳の幹太郎《かんたろう》がいる。

一乃が野菜の棒手振を始めて、丸二年になる。女の身体《からだ》で担ぐ数には限りがあったが、得意先を料理屋や大店に絞り、暮しは充分に成り立った。こうした一乃の稼ぎぶりを通して、野菜の値段から店賃《たなちん》や寺子屋の給金など、江戸庶民の家計、経済の模様が詳述されていく。

四月三日の朝、担ぎ売りをする野菜の仕入れに出る一乃と幹太郎を、同じ長屋の住人で八卦見師の白龍《はくりゅう》が見送る。白龍は大店が得意先で、一乃の実家、日本橋平松町の両替商・

本多屋も古くからの得意先であった。その白龍が、縞柄《しまがら》を着た男と出会うはずだから、それを大事に、との見立てを言う。これが後に、一乃の父親や事件と関わっていく伏線になっている。

砂村新田の農家・おせきのところでたけのこ掘りを手伝っている時、一乃は竹藪《たけやぶ》で一分《いちぶ》金《きん》を拾う。鉄幹の給金ひと月分に近い大金である。「手のひらに、なにかを感じ取った」と、この時の一乃の違和感が、実にさりげなく描かれていることに注目していただきたい。この一分金は贋金《にせがね》で、一乃の直感も物語の大きな伏線となるからだ。こうした伏線の自然な張り方が実に巧みで、物語の展開に沿って思わずうならされることだろう。

そして、たけのこを売って帰路につく途中で、一乃は縞柄を着た男から声をかけられる。山本町の料理屋の板場を預かる庄次郎《しょうじろう》で、これも後々、事件と関わってくる男である。

一乃が贋金を拾った直後に印刷職人の失踪《しっそう》と長屋の住人・おあきのかどわかしの事件が起こり、一乃と鉄幹は、役人連中はまともに取り合わずに威張りくさるだけ、と役人への不信感を持つ長屋の住人たちと、贋金造り一味の黒い陰謀に立ち向かう。十一代将軍家斉《いえなり》治世下の幕府の財政状態と文政一分金などの貨幣改鋳《かいちゅう》のことが、一乃らの動きに並行して描き出されていく。

その過程で、贋金造りの黒幕と扇橋たもとの貸元・赤腹《あかはら》の寅吉《とらきち》とのつながりも浮かび上がってくる。物怖《ものお》じせず、思い込みをいきなり口にする一乃は、打ち上げ花火牡丹を得意とする花火師・松次郎《まつじろう》や小名木川の川漁師たちを味方に引き入れ、長屋の住人の救出に乗り出す。松次郎には花火の打ち上げを頼み、寅吉と会って、寅吉が黒幕の謀略に嵌《は》められたことを知らせる。寅吉は子分どもを引き連れて黒幕の屋敷に向かい、小名木川から船で直接乗り入れることができる水門を張り込む。

一乃と鉄幹、しじみ売りのおさだと漁師の亭主、二人の漁師、おせきと富蔵《とみぞう》、おあきの兄・分吉《ぶんきち》、松次郎の十人のうち、おせきは子供たちの世話で残り、九人が三杯の小舟に分乗、小名木川の黒幕の屋敷の対岸で待機。一乃がお手軽な思案しか持っていなかったことに呆《あき》れた松次郎が采配《さいはい》を振るうこととなる。

水門付近にいる寅吉一味と一乃たちに屋敷内の黒幕一味と、三者三様の動きと思惑が並列描写される。三発の花火が上がる。大輪の蒼い牡丹が夜空に広がり、その一発目から三発目の打ち上げの間に、争奪戦とスリリングな救出劇が並列描写されていく。

こうした並列描写で言えば、山本一力は二〇〇四（平成十六）年刊の『欅《けやき》しぐれ』（朝日新聞社）で、さらにその手法をグレードアップさせている。

この長編は、老舗《しにせ》大店の主人に後見を託された賭場《とば》の貸元が、店の乗っ取りに動き出した騙《かた》り屋の頭領を相手に、知力と死力の限りを尽くした闘いを繰り広げる悪漢小説。大店の主人と賭場の貸元、この堅気と渡世人との肚《はら》を割った五分のつきあい、乗っ取りを企《たくら》む騙り屋の巧妙な手口、貸元の反撃作戦など、さまざまな仕掛けが随所に凝らされている。貸元一党と騙り屋一味のそれぞれの動きが並列描写され、虚々実々の闘いの模様を立体化することに成功している。桔梗《ききょう》屋の内儀の凛《りん》とした強さ、番頭たちの商人としての心意気などに人情ものの醍醐味《だいごみ》をも盛り込んでおり、本書の延長線上に配置することができる作品である。

黒幕の屋敷での騒動の顛末《てんまつ》が終章で綴《つづ》られ、それぞれの人物たちの運命が描き分けられた後、一乃がおめでたと分かったところで、物語は結末を迎える。「皐月《さつき》の空に泳ぐ鯉《こい》のぼりが仲間に加わりたいのか、あたまをくるりと部屋に向けた」と五月に入っての描写で終わっている。物語が始まったのは四月三日の朝だったから、一ヵ月余の出来事が展開されていくわけだ。

生来の明るさと独特の直感力で何かと突っ走ってしまいがちな一乃、腕力はないが沈着冷静な鉄幹、腕白だが母思いの幹太郎、家族三人のコンビネーションの面白さに加えて、一乃と実家の父親との父娘の情愛のありようや長屋の連中との交流のさまと彼らの家族関係なども重要な要素であり、直木賞受賞作『あかね空』で現代社会にも通じる普遍的な家族問題をじっくりと描き込んだ作者だけのことはある。妹の祝言の祝膳で、両親、妹、女房を含む十四人が死亡した鉄幹が抱える深い洞《うろ》など、さまざまな過去を背負いながらも、助け合い、明るくたくましく生きる本書の主要登場人物たちの新たな活躍を期待したい。とりわけ、幹太郎の可愛《かわい》らしさをもっともっと堪能《たんのう》したい、と思う次第である。

直木賞受賞作『あかね空』は、江戸も後期にさしかかった時代を背景に、家族の絆《きずな》とは何かという、現代社会にもつながる問題に焦点を絞り込んでいた。日々の暮しの中から生まれるさまざまな哀歓模様とその内面の心理状況を、確かな筆致で描き出していた。京から江戸に下って来た豆腐職人が絹豆腐作りに励み、恋女房や周囲の人々に助けられて、ついには表通りに店を出すまでになる。そのプロセスと二男一女の子供たちとの関係に歪《ゆが》みが生じていく第一部に続いて、残り三分の一の第二部では、三人の子供たちの側から一家の内実が描かれている。このダブル構成で、家族の絆と軋轢《あつれき》のありようを親と子それぞれの立場からとらえることに成功している。

直木賞の選評では、受賞作が持っている熱気と作者の時代小説への意気込みが注目され、「腕力ある新しい書き手登場」「安定した作家的力量」と評価された。こうした評価は、そのまま、本書にも通じるものがある。

山本一力は直木賞受賞後に発表した自伝エッセイ「もうひとつの『あかね空』」（「オール讀物」二〇〇二年三月号）の中で、「わたしに『あかね空』を書かせたわけ」について触れていた。それには二つあって、一九八一（昭和五十六）年四月二十七日の「母親との突然の死別」と四月三十日の葬儀での「周りのひとが示してくれる見栄の入り込む余地のない人情」であった、と回想していた。

同誌には、このエッセイとともに、宮部みゆき氏との受賞記念対談「時代小説の新しい広がりに向って」も掲載されていた。

東京の下町に住むこの二人の作家が語る下町特有の人との距離の取り方など興味深い話が次々と出てくるのだが、こうした距離感のありようは、本書の主人公・一乃を中心軸とする人間関係のありようと真《ま》っ直《す》ぐにつながっており、作者の下町考察と人間観察の鋭さをうかがわせるものがある。

また、小説を書く上で「力」になったものとして、山本一力は「落語」と「映画」を挙げている。「どういう場面展開でどう構成していったらいいか、上手に場面を切り換えていかないと、もたもたしちゃうじゃないですか。この呼吸を僕は映画と落語から学びましたね」と語り、落語が持っている呼吸と深さ、映画のカット割りが小説を書く上での刺激となることを明かしていた。一乃と幹太郎の母子の言葉のやりとり、黒幕の屋敷の水門における三者三様の動きと思惑の並列描写などに、こうした要素を見出《みいだ》すことができる。

前述したエッセイは、「この小説を書いてよかった。心底からわたしはそう思っている」という一文で結ばれている。この一文にならって言えば、受賞作に続く本書に接した読者は必ずや、「この小説を読んでよかった」との感想を持つだろうことを強調して、本解説の結びとしたい。

（きよはら・やすまさ／文芸評論家）

本書は、二〇〇二年三月に小社より単行本として刊行されたものです。

時代小説文庫
や 6-1

# はぐれ牡丹《ぼたん》

著者 山本一力《やまもといちりき》
2005年6月18日第一刷発行

発行者 大杉明彦

発行所 株式会社 角川春樹事務所
〒101-0051 東京都千代田区神田神保町3-27 二葉第1ビル

電話 03(3263)5247[編集] 03(3263)5881[営業]

印刷・製本 中央精版印刷株式会社

フォーマット・デザイン＆シンボルマーク 芦澤泰偉


ISBN4-7584-3183-3 C0193 
http://www.kadokawaharuki.co.jp/[営業]
fanmail@kadokawaharuki.co.jp[編集] ご意見・ご感想をお寄せください。

時代小説文庫

森村誠一

# 地果て海尽きるまで　小説チンギス汗《ハーン》 上

「チンギス汗《ハーン》の覇道に終わりはない」――一一六二年秋、モンゴル高原で一人の男子が生を享けた。右手に血凝りを握り、〃眼に火あり、顔に光あり〃と言われる吉相を持っていた。後のチンギス汗である。十三歳で父を敵に殺された彼は、家族を守るために孤独な闘いをはじめる。幾多の苦難を乗り越え、遂にモンゴルを統一した彼の目に映ったものとは……。チンギス汗の壮大な夢と不屈の魂を格調高く謳い上げる、著者渾身の一大叙事詩。（全二冊）

森村誠一

# 地果て海尽きるまで　小説チンギス汗《ハーン》 下

「闘う者たちの崇高な魂がここにある」――世界制覇を夢み、ひたすら突き進んだチンギス汗は、一二二七年、六十六歳でこの世を去る。彼の遺志を継いだ蒼き狼たち。五代目フビライが目指したのは、海の彼方日本であった……。「地の果て、海尽きるところまで」を求めた男たちの苛烈な生き様を、夢破れ戦場に散った者たちへの鎮魂を込めて描き切った、森村歴史小説の最高峰、遂に文庫化。（解説・池上冬樹）

## 稲妻の剣

鈴木英治

書き下ろし

書院番の同僚、上田半左衛門と武藤源太郎は長年憎みあっていた。ある日、つまらない諍いごとの挙句に、半左衛門は源太郎を待ち伏せて、斬り殺してしまう。勘兵衛は半左衛門を捕らえるのだが、殺した理由に納得がいかなかった。一方、久しぶりに江戸にかえってきた、剣の腕が立つ梶之助は人斬りを重ねていく。彼を追い詰め、心を狂わせたものとは果たして何なのか？　勘兵衛は山内修馬とともに事件の謎に挑んでいくのだが……書き下ろしで贈る、大好評の勘兵衛シリーズ第五弾！

## 水斬の剣

鈴木英治

書き下ろし

温暖な伊豆のつけ根に位置する駿州沼里の、狩場川に架かる青瀬橋のたもとから、身元不明の遺体が見つかった。顔は潰され、左の肩から右腰まで尋常ならざるすさまじい刃傷が残されていた。二十年の同心の経歴をもつ森島新兵衛は、死体の身元と、すさまじき剣を使う犯人を捜すべく単身動きはじめるのだった。死体は果たして誰なのか、何故顔が潰されたのか、そしておそるべき剣の遣い手とは？——時代小説期待の新鋭による、渾身の書き下ろし時代ミステリー！

時代小説文庫

秋山香乃

# 近藤勇

書き下ろし

「孤軍援絶えて俘囚となる（略）ただまさに一死をもって君恩に報いん」（近藤勇辞世の詩）――「誠」の旗印の下、反幕派の男たちを戦慄させた鉄の組織、新選組。局長の近藤勇は、盟友土方歳三、沖田総司らとともに、京都で任務に励んでいたが、徳川幕府の屋台骨は徐々に崩壊していた……。愛する妻子と女を残し、歳三らとともに没落する徳川家に殉じ、義と忠と男の夢に命をかけた男を描く、書き下ろし時代長篇の傑作。

秋山香乃

# 火裂の剣 助太刀人半次郎

書き下ろし

「半次郎の遣う天流は、火を裂き、風を破り、土を流し、水を砕く剣」――二千石取りの旗本・高坂家の隠居新右衛門が、異国の刀で刺し殺された。浪人の秋月半次郎は、新右衛門の息子・左京の仇討ちの助太刀を依頼される。十七歳の左京は、体格は立派だが軟弱らしい。従者の小助と共に、大坂へ仇討ちの旅に出た三人は、沼津の宿で、事件に巻き込まれるが……。大神流のお家騒動の陰に潜む陰謀とは!? 時代小説界・期待の新鋭が描く書き下ろし剣豪小説。